AF198668

1

Herstellung und Verlag:
BoD – Books on Demand, Norderstedt
ISBN: 978-3-7504-3493-6

ISBN 9783750434936

Die Antwort des Körpers auf die Fragen der Welt.

Alles ist eins.

Illustrationen © Michaela Wolff

Illustration „Das Lied von Mutter Erde" © Emma Lorenz

Besonderer Dank...

an Michael, der mich dabei unterstützt hat, meinen Traum vondiesem Kunstwerk zu verwirklichen;

an alle meine Freunde, die mich durch die Dunkelheit begleitet haben und weiterhin an mein Geschichtenerzählen glauben;

an alle meine Klienten, die auf sich selbst und unsere Zusammenarbeit vertrauen und die die Schönheit in sich selbst erkennen;

an jede magische Kreatur und jeden Drachen, der zusammen mit mir fliegt und tanzt;

an mein inneres Team, auf das ich mich in jedem Moment meines Lebens verlassen kann;

an Michaela, weil sie in ihrer Freizeit so wunderschön gezeichnet hat und

an meine Eltern, die eine Menge Leid mit mir durchgemacht haben und mich doch nie aufgegeben haben;

an Gaia.

Mit Liebe. Julia

Für meinen Sohn.

Notiz von Julia Hayden
(auch bekannt als Prinzessin Gaia)

Der Unterschied zwischen Kunst und Schönheit besteht darin, dass die Kunst das ist, was der Schöpfer erschafft, während Schönheit das ist, was der Betrachter wahrnimmt.

Künstler nutzen all die Vorstellungskraft, Inspiration, Kreativität und das Wissen, das sie haben, um ein anderes Weltbild zu schaffen, um ein Gefühl, einen Glauben oder eine Meinung zum Ausdruck zu bringen. Künstler laden die anderen ein, das Kunstwerk zu spüren, zu hören, zu berühren oder anzuschauen. Die Schönheit kommt mit den Eingeladenen.

Ich lade Sie, meine Leser ein, die Schönheit des Lebens, die Schönheit des Menschseins und die Schönheit, ein Körper in der Welt zu sein, zu erleben.

Sie können die Schönheit jedes Wortes, jedes Satzes und jeder Geschichte selbst bestimmen, je nachdem, was Ihre eigene Wahrnehmung von Schönheit ist. Und Sie sind eingeladen, auch Künstler zu werden, sich zu entfalten, auszudrücken, zu gestalten.

Inhalt

Karl-Heinz, 67 Jahre alt, Schlaganfallpatient, Erlebnisbericht Teil 1:

Ich wachte auf, bemerkte ein grelles Licht, schloss schnell wieder die Augen. Was war passiert? Wo war ich? Ich erinnerte mich vage an die Radtour mit meiner Familie, an einen Sturz. Ein paar Bilder fuhren wie im Film durch mein Gedächtnis. Dann spürte ich in mich hinein, hatte den Impuls, mir den Schweiß von der Stirn zu wischen, die rechte Hand wollte sich nicht bewegen lassen. Ich öffnete die Augen und fand mich – ganz klar – in einem Bett im Krankenhaus wieder. Hier will ich weg, dachte ich noch, aber mein rechtes Bein bewegte sich keinen Zentimeter Richtung Bettkante. Schnell fühlte ich mich einmal komplett durch meinen restlichen Körper. Ja, die linken Zehen ließen sich bewegen, auch das linke Knie, die Hüfte, der Arm, die Hand. Links alles gut, dachte ich und bewegte den Kopf. Auch das funktionierte prima. Mein Blick traf eine Gestalt in einem grünlichen Kittel. Der Mann schien schon eine Weile dort gestanden zu haben, ein Arzt vielleicht. Er lächelte sanft und sagte mit dem Blick auf meine gefühllose Seite: „Na, da hat sauber der Blitz eingeschlagen. Das Bein wird nichts mehr!"

ALLES IST EINS

Ich bin Therapeutin und Geschichtenerzählerin. Und ich versuche, diese Rollen dankbar und in Demut anzunehmen und miteinander zu verbinden. Denn das Zusammenspiel dieser zwei Rollen ist die meines Erachtens nach die großartigste Kombination, die man sich wünschen kann, vor allem wenn es darum geht, Menschen zurück in ihre eigene Kraft, Gesundheit und Zufriedenheit zu bringen sowie unseren Planeten dabei zu unterstützen, uns ein gedeihlicher, ausgeglichener Partner zu sein.

Mein Weg, der zu diesem Buch führte, war nicht immer einfach. Er war eher ein erlebnisreiches Abenteuer, ließ mich teilweise durch unbewohntes, gefährliches Gebiet gehen und manchmal begleitete er mich sanft auf dem Rücken eines Fabelwesens durch die Lüfte. Zu meinem Glück hatte ich bei all den unterschiedlichen Gegebenheiten immer einen stabilen Antrieb. Die Liebe. Die Liebe zum Menschen und zum Leben.

Heute lade ich Sie mit diesem Buch herzlich dazu ein, diese Liebe zum Leben mit mir zu teilen.

Jeder einzelne Moment meines Lebens und jede Begegnung mit den Menschen um mich herum, haben einen Teil zu meiner Entwicklung beigetragen. Und auch heute, in der Zusammenarbeit mit meinen Patienten, höre ich nicht auf zu lernen. Patienten sind nicht einfach Patienten für mich, sondern sie sind viel mehr als das. Ich nenne sie gerne liebevoll „menschliche Systeme". Denn jeder Bestandteil von uns Menschen vermag es zu kommunizieren, sei es mit anderen Bestandteilen oder eben auch mit ihren Menschen und anderen Wesen. In der Behandlung interagiere ich mit den Strukturen und inneren Bestandteilen meiner Patienten, sofern sie mit mir in Kontakt treten wollen.

Vielleicht fragen Sie sich jetzt, was ich mit System Mensch und seinen Bestandteilen genau meine. Ich versuche es im Folgenden zu beantworten.

Stellen Sie sich vor, Sie sind ein Land dieser Welt, ein Königreich. Und gleichzeitig sind Sie Königin oder König dieses Landes und Sie tragen die Verantwortung für Ihre Untertanen. Unsere Untertanen, das sind die Bestandteile, die uns als Mensch ausmachen. Als Königin oder König tragen wir die Verantwortung dafür, dass sie ein gedeihliches Leben in Gemeinschaft verbringen können.

Jene Untertanen können all die Dinge sein, die in Ihrer eigenen Vorstellung zur Verfügung stehen. Innere Stimmen zum Beispiel wie Wut, Angst, Mut, Vorfreude. Körperteile zum Beispiel wie der musculus piriformis, das Herz, der nervus fascialis, das Wadenbein. Oder Teile der Teile, wie zum Beispiel die Amygdala oder eine einzelne Zelle in der Niere. Unsere Bürger können auch andere Dinge sein, Tränen zum Beispiel oder Myome, das sind Mitbürger, die besonderer Fürsorge bedürfen. Manche Einrichtungen unseres eigenen Königreichs entstehen aus der Fantasie wie mein eigener Ältestenrat, der aus mir lieben verstorbenen Menschen besteht und deren Platz eine lange Tafel ist, die neben meinem Solar Plexus liegt.

Mein Königreich heißt Julia Hayden und ist Mutter, Therapeutin, Autorin, Künstlerin. Es dient der Vermittlung einer Botschaft an all jene Menschen, die diese Botschaft hören können, verstehen wollen und danach zu handeln versuchen.

So sind auch Sie, meine Leserinnen und Leser, jede und jeder für sich, ein Land dieser Welt, ein eigenes Königreich.

Vielleicht heißen Sie Klaus Müller, sind Großvater, Chirurg und Briefmarkensammler. Oder Sie heißen Claudia Kunze und sind Tochter einer schwerkranken Mutter, Geschäftsführerin eines Unternehmens, auf der Suche nach einem Partner und in einer Beach-Volleyball-Mannschaft. Ihr Königreich mag heute einen anderen Dienst erfüllen als morgen und ich kenne ihn nicht. Noch nicht. Sollten Sie sich jedoch eines Tages auf meiner Behandlungsliege einfinden, dann kann es sein, dass Ihre Untertanen, also Ihre Bestandteile, mir verraten, worum es Ihnen wirklich geht.

Ich will Ihnen nicht weiter vorgreifen. Starten Sie einfach den Selbstversuch mit mir.

Stellen Sie sich also vor, Sie sind ein solches Königreich, von dem ich gerade sprach. Das eigene Königreich. Sie selbst sind als Mensch die Königin oder der König des eigenen Landes. Alle Ihre Untertanen sind einst, bei der Entstehung Ihres Königreichs, bei Ihrer eigenen Geburt, in das schöne Land gezogen, um Ihnen zu dienen und gleichzeitig gut versorgt und angstfrei in Ihrem Schutz leben zu können. Es ist Ihre Aufgabe als Königin oder König, Ihren Untertanen nun die Möglichkeit zu geben, ihre Leben im Königreich, welches Sie selbst sind, so zu gestalten, dass sie zum Teil davon werden, ihren Beitrag leisten können, damit Ihr Land wächst und gedeiht und auch in der größeren Ländergemeinschaft seine eigene Funktion erfüllen kann.

Sie sind die- oder derjenige, der den Raum schaffen und halten kann, sodass alle Ihre Bestandteile sich entfalten können und dabei lernen und Spaß haben. Jeder für sich selbst und alle zusammen. Damit Sie als Königreich Ihren Dienst erfüllen können, den Sie heute erfüllen wollen.

Und nun tauchen Sie ein in Ihren Körper, in Ihr System. Sie sind der König und Sie gehen hinein, um zu erfahren, wie es

Ihren Untertanen geht, wie die Stimmung in den einzelnen Teilen Ihres Landes ist, wie es für jeden Einzelnen.

Manche von Ihnen kennen das als Big Mind Meditation, andere nennen es vielleicht Bodyscan und wieder andere nehmen den Begriff Inner Voice Dialog dafür. Aber das ist gerade nicht wichtig. Viel wichtiger ist, was Ihnen widerfährt, als Königin oder König, die oder der eine Erkundungsreise durch ihr oder sein Königreich macht.

Gibt es Untertanen, die dringend mit Ihnen sprechen wollen, die Aufmerksamkeit einfordern? Sind es viele verschiedene oder nur ein einzelner? Gibt es ganze Regionen, in denen problematische Zustände herrschen oder erscheint Ihnen alles gut zu sein?

Vielleicht entsteht gerade ein großes Durcheinander in Ihnen, in Ihrem eigenen Königreich, Stimmen über Stimmen überrennen Sie förmlich. Deshalb schlage ich vor, mit nur einer einzelnen Region zu starten. Wie wäre es, wenn wir nun einfach zusammen unser Herz besuchen? Allen anderen versprechen wir, zu einer anderen Zeit zurückzukehren.

Lassen Sie sich also ein auf Ihr Herz und trauen Sie sich ruhig ihm Fragen zu stellen. Vielleicht bekommen Sie Antworten. Treten Sie also in eine respektvolle Kommunikation und fragen Sie vorsichtig all das, was Ihnen so einfällt. Wie geht es Dir zum Beispiel. Bist Du zufrieden oder belastet Dich etwas? Oder: was kann ich tun, damit Du ein glücklicheres Leben führen kannst? Fragen Sie. Was Ihnen so einfällt.

An dieser Stelle höre ich für einen Moment auf zu schreiben, denn das gibt Ihnen den Raum, auch für einen Moment Ihr Lesen zu unterbrechen. Und diese Lesepause, dieser Raum, gehört Ihnen, und dauert genau den Moment, den Sie für sich benötigen, um sich auf das Gespräch mit Ihrem Herzen einzulassen.

Nun lege ich also die Tastatur beiseite...

FÜR EINEN MOMENT

... und nun nehme ich sie wieder auf.

Wenn jeder Bürger Ihres Königreichs, jeder Bestandteil Ihres Körper-Geist-Seele-Systems, gesund ist, dann sind auch Sie, das große Ganze, ein ausgeglichenes Wesen voll von Lebensfreude.

Und ebenso wie den eigenen Bestandteilen unseres Systems, so geht es auch uns Menschen als Bewohner des Planeten Erde, des Königreichs Welt, in unseren Jobs, unseren Familien, unserem Umfeld. Sind also wir Menschen fröhlich, gesund und ausgeglichen, so kann sich auch unsere Mutter Erde gedeihlich vor sich hin entfalten. Vielleicht kommt dieser Vergleich Ihnen jetzt gerade noch Spanisch vor. Vielleicht auch nicht. In beiden Fällen sind die nun folgenden Geschichten, die gefüllt sind mit Körper, Mensch und Leben und gleichzeitig mit unserem Planeten Erde, eine schöne Bereicherung.

Meine Geschichten, das gebe ich offen zu, entsprechen meiner eigenen Wahrheit, meiner persönlichen Sicht auf die Welt. Sie spiegeln meine eigenen Erlebnisse, Wünsche und Glaubenssätze wider. Und jeder von Ihnen, meinen Leserinnen und Lesern, darf sie so für sich nutzen, wie es Ihnen gerade gefällt. Das ist das Schöne an Geschichten.

Jedes geschriebene Wort bleibt dasselbe, doch je nach Lebenssituation, Stimmlage oder Werteempfinden verstehen wir die Botschaft, die wir verstehen wollen und nehmen nur das mit, was wir gerade benötigen. Gute Geschichten sind wirkungsvoller als Fakten. Wenn die Geschichten noch dazu schön sind, dann können sie Großes entstehen lassen. Sie selbst, als Leserinnen und Leser meiner Geschichten, dürfen für sich entscheiden, wie viele Anteile von Fantasie, Wahrheit, Intuition oder Wissen in ihnen steckt. Sie werden hier und jetzt zu einem Buch, das eine Verbindung herstellt zwischen Körper, Mensch, Leben und unserem Planeten Erde. Denn letztlich ist alles eins: Unsere Welt, wir Lebewesen und der Aufbau unseres Körpers bis hin zur kleinsten Einheit.

Ich wünsche Ihnen ein magisches Lese-Erlebnis.

Karl-Heinz, 67 Jahre alt, Schlaganfallpatient, Erlebnisbericht Teil 2:

Zwei Jahre waren vergangen seit dem Schlaganfall. Ich war durch viele Therapien gegangen. Dreimal pro Woche mindestens ging ich in Trainings. Ergotherapie, Logopädie, Physiotherapie. Funktionelles Bewegungstraining, Kochkurse, Gedächtnistraining. Ich hatte meine Ernährung umgestellt, eine neue Sprache gelernt und meine rechte Hand konnte wahrscheinlich feinmotorischer arbeiten als je zuvor. Nur mein rechtes Bein. Es hatte sich kaum verändert, seit ich es beim ersten Aufwachen als ein bewegungsloses Etwas an meiner rechten Hüfte hängend erkannt hatte und der Arzt im grünlichen Kittel „Na, da hat sauber der Blitz eingeschlagen. Das Bein wird nichts mehr!" gesagt hatte. Einen Versuch würde ich noch wagen, einen letzten Versuch, dieses Bein wieder in Gang zu bringen. Ich fühlte mich zu jung zum Aufgeben und hatte von einer Therapeutin gehört, die mit Körperteilen sprach. Vielleicht war sie eine Verrückte. Und vielleicht eine Chance. Ja, die grausamen Fakten lagen offen auf dem Tisch, der Schlaganfall hatte stattgefunden, zwei Jahre waren vergangen, das Bein hatte kaum Fortschritte gemacht.
...
Die Therapeutin lächelte mein Bein an und legte den Kopf schief: „Wie möchtest Du, dass Deine Geschichte weitergeht?" fragte sie es. Kurz darauf blickte sie zu mir und sagte: „Es läuft. In seiner eigenen Geschichte läuft es schnell wie der Wind. Helfen Sie mir, die neue Geschichte Ihres Beines wahrwerden zu lassen." Dann sagte sie: „Die Fakten sind mächtig, in der Tat. Aber Geschichten, gute Geschichten, sind mächtiger." Ich verstand nicht sofort, aber ich vertraute. Aus irgendeinem Grund vertraute ich ihr, meinem Bein, und mir selbst.
...
Heute laufe ich wieder. Der Wind ist zwar noch schneller als ich, aber mein Bein und ich, wir sind beste Freunde geworden. Abends im Bett erzählen wir uns Geschichten. Geschichten, die wir erlebt haben seit wir und kennen. Und Geschichten, die wir noch zusammen erleben wollen.

GAIA – ODER DIE FRAGEN DER WELT

Gedanken

Nie zuvor war die Welt reicher an Möglichkeiten und friedvoller als heute. Es gibt weniger Verbrechen, Kriege und Tote als je zuvor.

Wenn wir jedoch hineinspüren in diese Welt, in unser Umfeld und unser eigenes Dasein, ist es irgendwie anders. Unserem Planeten geht es schlecht, das Klima verändert sich, die Biodiversität schwindet, die Atmosphäre wird wärmer, der pH-Wert der Ozeane sinkt und sie werden sauer.

Das bedroht nicht die Existenz unseres Planeten, sondern es bedroht uns. Wir Menschen versuchen dafür Erklärungen zu finden, die wir rational verstehen können und zeigen mit Fingern auf andere. Wir versuchen uns die Antwort zu denken, können sie aber nicht spüren.

Nie zuvor war die Welt ärmer an Herz- und Bauchgefühl, war sie kopflastiger als heute. Es gibt weniger Liebe, Vertrauen und Gemeinschaft als in der gesamten Menschheitsgeschichte.

Wenn das Königreich, dem wir Menschen angehören, unsere lebendige Welt ein Tagebuch schreiben würde, wie sähe es aus? Wie würde sie ihren Schmerz ausdrücken? Ihre Freude? Und wie ihre Bedürfnisse? Ihre Hoffnungen? Würde sie auch das Gespräch mit uns suchen, so wie wir es zu Beginn mit unseren eigenen Bestandteilen taten? Welche Fragen würde sie uns stellen? Und wer ist dieses Königreich eigentlich, unser Planet Erde, den wir Gaia nennen?

Gaia ist der griechischen Mythologie nach die große Mutter Erde, unsere Welt. Sie wird darin als aus Chaos entstanden beschrieben.

Aus ihr selbst wurden Ozean, Erdoberfläche und der Himmel. Ihre Darstellung als Göttin in der Mythologie ist würdevoll, drall und gesetzt, zur Hälfte aus der Erde entspringend, untrennbar mit ihr verbunden. Gaia zu Ehren wurden in ganz Griechenland Tempel errichtet, die dazu dienten, sie als Naturgottheit zu verehren. Sie wurde segenspendende Ernährerin, Gebärerin allen Lebens als auch rächende, wahrsagende Todesgöttin genannt. Sie ist die allmächtige Göttin, die Leben schenkt und Tote in ihren Schoß aufnimmt.

In Teilen der Wissenschaft bekommt unser Planet Erde auch heutzutage einen besonderen Stellenwert zugesprochen. Einzelne betrachten die Welt sogar als lebendes Geschöpf. Einige Wissenschaftler entwickelten deshalb die Gaia-Hypothese.

Die Gaia-Hypothese entstand in den 70er Jahren. Der englische Chemiker James Lovelock und die amerikanische Mikrobiologin Lynn Margulis nannten sie nach der griechischen Göttin Gaia, der mythologischen Personifizierung der Erde.

Die Gaia Hypothese folgt der Vorstellung, dass die Erde ein Lebewesen ist, so wie wir auch und dass wir mit der Welt gemeinsam leben oder sterben. Die Erde wäre infolgedessen ein sich selbst regulierendes lebendes System, das zur eigenen Erhaltung Leben auf sich entstehen lassen hat.

Temperatur, Nährstoff-Gehalt der Ozeane und der Erdoberfläche sowie die Zusammensetzung der Atmosphäre und andere beobachtbare und messbare Phänomene wie die Beschaffenheit der Erdkruste verhalten sich so, dass sie mit ihrer Fähigkeit das Fließgleichgewicht der Welt stabil halten können. Gleichzeitig sind wir – und auch alle anderen Lebensformen, auch die kleinsten wie unsere Zellen – an der Regulation unserer Umwelt und des Planeten Erde beteiligt.

Im Gegensatz zu Planeten, die keine Lebensformen beherbergen, befinden sich die Erdatmosphäre und Erdkruste nicht in einem toten, statischen Zustand, sondern in einem lebendigen Fließgleichgewicht, das bedeutet, sich langsam verändern kann um der Erhaltung und Weiterentwicklung des Lebens zu dienen.

Die Welt ist für mich wahrhaftig unsere Mutter. Sie beschützt und versorgt uns sowie die gesamte Pflanzen- und Tierwelt in jedem Moment unseres Lebens mit allem, was wir benötigen. Mit Luft, Wasser, Nahrung, mit heilsamen Kräutern, mit Wärme, Licht und Energie und magischen Vorgängen wie Photosynthese, Geburten von neuen Lebewesen oder dem Fließgleichgewicht der Atmosphäre, erhält sie uns unser gedeihliches Miteinander, das wir Leben nennen. Die Welt ist demnach nicht mehr nur unsere Umgebung oder etwas, das außerhalb von uns stattfindet, sondern sie ist vielmehr ein Teil von uns, in uns und um uns herum. Welcher Kultur, welcher Gruppe, welcher Religion wir auch immer angehören, wir sind dadurch nicht besser, schlechter oder wertvoller als die anderen, vielmehr drücken wir alle dasselbe auf unsere individuelle Weise aus. Denn wir alle sind Weltbürger. Und als diese sind wir dazu verpflichtet, für den Erhalt eben dieser Welt zu sorgen. Die Personifizierung der Welt gibt uns die Möglichkeit, eine Beziehung mit ihr einzugehen und empathisch sowie achtsam mit ihr umzugehen.

Die Gaia-Hypothese legt besonderen Wert auf die Bewusstheit über die enge Vernetzung und Verbindung zwischen allen Lebewesen untereinander und auch mit ihrer Umwelt. Die Erde dient als adaptives Kontrollsystem mit der Fähigkeit zur Selbstregulation und hängt hierbei unmittelbar mit dem kollektiven Verantwortungsgefühl der auf ihr lebenden Menschen zusammen. Die Wichtigkeit von Kooperation und Symbiose als Evolutionsfaktoren ist nicht mehr zu übersehen.

Alles hängt mit allem zusammen.

> "Life did not take over the world by combat, but by networking."
>
> Lynn Margulis

> "One general law, leading to the advancement of all organic beings, namely, multiply, vary, let the strongest live and the weakest die."
>
> Charles Darwin

Evolution kann infolgedessen mehr bedeuten als es Darwin herkömmlich mit „survival of the fittest" beschrieb. Und es wäre sicher zu langweilig, wenn wir Evolution nur als ein Prozess der Symbiose mehrerer Bakterienarten der Urzeit verstehen würden. Deshalb biete ich an, mit Evolution die Zusammenarbeit mehrerer Partner zu meinen, nämlich die Wechselbeziehung zwischen Lebewesen zweier Arten, aus der alle beteiligten Partner ihren Nutzen ziehen sowie einander dienen.

Diese Wechselbeziehung nennen wir Mutualismus und sie steht entgegen der Konkurrenz zwischen einzelnen Partnern oder gar oder Räuber-Beute-Beziehung. Sie bedeutet aber genauso wenig, dass alles still und friedlich, geradezu statisch miteinander zusammenfließt. Denn selbst im Zellsystem gehören Entstehung, Selektion und der Tod dazu, werden neue Zellen geboren, die kranken und schwachen Zellen vernichtet und abtransportiert. Die Starken überleben und bilden Kooperationen. Jeden Tag sind wir in der Zusammensetzung ein anderer Mensch als gestern.

Zellen entstanden aus der Symbiose von Bakterien. Komplexeres Leben entwickelte sich einerseits aus Konkurrenz und andererseits aus den Verbünden von Zellen. Wir, die Menschen, so wollte ich meinen, können uns vor allem weiterentwickeln, wenn wir uns genauer mit

Mutualismus beschäftigen, der – wie ich es gerne für mich beschreibe – Reinform von Evolution. Inzwischen sind wir eine Anhäufung oder eher ein Kunstwerk von 1,5 – 2 kg Bakterien in und auf uns, von mehr als 50 Billionen Zellen, über 1,5 Quadratmetern Haut, mindestens 20 Kilogramm Faszien und allen anderen Teilen, die unser Körpersystem zu bieten hat. Sie alle leben mit sich selbst und miteinander in Einklang und erhalten uns durch ihr feinfühliges Miteinander, durch Mutualismus, am Leben. Diese gesunde Form der Symbiose in Kombination mit der Abgrenzung individueller Aufgaben spielt eine wichtige Rolle für die Weiterentwicklung unseres Zellsystems.

Weiter gedacht besteht auch das Körper-Geist-Seele System – unser Königreich – aus Kooperation. Ein Gleichgewicht beeinflusst das andere. Wie Yin und Yang. Oder anders gesagt, eine aus der Balance geratene Gegebenheit zieht die nächste nach sich. Haben die Informationen auf unseren Zellkernen Stress, so leidet unser Organgewebe. Steht das Organ unter Druck, haben wir Schwierigkeiten in der Verdauung. Wenn unser Stoffwechselsystem unter chronischem Stress leidet, ist unser Immunsystem davon beeinflusst. Wenn wir dadurch ständig krank sind, ist unser Lebensgefühl beeinträchtigt. Fühlen wir uns dauerhaft schlecht, blicken wir pessimistisch auf die Welt um uns herum. Wenn wir negativ denken, können wir nicht positiv kommunizieren.

Wenn wir Stress spüren, sind es Unterschiede, die wir wahrnehmen. Unterschiede erkennen, bedeutet Informationen zu erhalten und daraus Möglichkeiten abzuleiten. Möglichkeiten, um wieder ein Gleichgewicht herzustellen.

Gleichgewicht ist ein Wort, das ich nicht nur mit dem Bild einer Waage verbinde, die auf jeder Seite eine gleichschwere Menge von etwas erhält, um in Balance zu sein. Es ist nicht nur die gerechte Aufteilung von Ressourcen oder das Zusammenspiel von Yin und Yang oder die Mitte zwischen Hell und Dunkel. Gleichgewicht ist für mich kein fester Zustand, sondern vielmehr etwas Dynamisches. Kommunikation, Interaktion, Interdependenz. All das hat für mich mit Gleichgewicht zu tun. Und zudem geht es immer sowohl um uns persönlich und unsere eigenen Werte und Erinnerungen als Individuen als auch um die Werte der Kultur und der Struktur des Systems, in dem wir uns gerade befinden.

Wie schaffen wir es, eine Balance herzustellen zwischen unseren eigenen Bedürfnissen und denen unserer Nachbarn, zwischen Arbeit und Freizeit, zwischen dem System, in dem wir uns befinden und der Welt um dieses System herum? Wie schaffen wir es, ein Gleichgewicht zu kreieren zwischen kollektiven und persönlichen Bedürfnissen, zwischen individuellen Freiheiten und Regeln für die Gesellschaft, zwischen Krankheit und Gesundheit? Wie schafft es unsere Mutter Erde, ihr Gleichgewicht zu erhalten?

Wenn die Welt Tagebuch schreiben könnte, vielleicht würde sie die Entstehung des Lebens auf sich selbst so beschreiben wie hier in einem Auszug aus meinem eigenen Blog, dem „Tagebuch der Welt":

Oh. Wie schön bin ich. Die Welt. Es war die richtige Entscheidung, Leben auf mir entstehen zu lassen. Jetzt, da die Atmosphäre über genügend Sauerstoff verfügt und die Wassertiere an Land kommen. Jetzt, da jede Pflanze und jedes Tier zu gemeinsam kooperierenden Verbänden werden, beginnt etwas Großes. Ich merke es. Pflanzen fangen an, bunt zu werden und produzieren auf wunderbare Weise Gerüche und Geschmäcker, die Tiere anlocken, um sie zu befruchten. Gleichzeitig werden Tiere von der Vielfalt dazu animiert, mitzumachen und sich fortzupflanzen. Es entstehen Möglichkeiten, die nicht von mir gesteuert werden, sondern die sich die Natur ganz von selbst ausdenkt. Leben kommt und geht. Jeder bietet sein Dasein für das eines anderen an. Es ist ein Kreislauf von Freunden, die sich zwar auch gegenseitig fressen, um zu überleben, sich aber respektvoll begegnen und immer dafür sorgen, dass ein Gleichgewicht herrscht. Kein Lebewesen nimmt mehr als nur das, was es zum Überleben braucht. Und ich werde immer bunter. Immer mehr Vielfalt entsteht. Platz für mehr ist genug da auf mir. Oh. Wunderschön bin ich. Die Welt.

„HOMO SENSORIUM" - ODER DIE ANTWORT DES KÖRPERS

Dunkelheit, ein lauter Knall. Mein Herz rast. Ende der Erinnerung. Es war Nacht. Wir fuhren in den Urlaub. Dann passierte der Unfall.

Die Erinnerung der Dunkelheit, des Knalls, des rasenden Herzens hat sich in meinem Gedächtnis eingebrannt, wahrscheinlich aufgrund der traumatischen Situation in meiner Kindheit. Dem Autounfall inmitten der Nacht.

Wenn wir uns selbst in einem Kontext wiederfinden, der uns aufgrund unserer Erinnerungen irgendwie bekannt vorkommt, beobachten wir uns selbst und die anderen, die in einer Interaktion mit uns stehen, ganz automatisch. Dunkelheit und Lärm. Das sind meine Erinnerungen, die mir sagen „Gefahr im Verzug".

Wir haben also unsere Erinnerungen, unsere Gedanken, unsere Psyche, die uns wie von selbst eine Welt wahrnehmen lassen, die uns gut und richtig erscheint. Und wenn wir darin ein Ungleichgewicht wahrnehmen, dann weniger in uns selbst, sondern eher um uns herum. Wir spüren vielleicht körperliche Probleme, die von chronischen Schmerzen bis zu Burnout reichen oder auch psychische Dysbalancen, die sich auf unser zwischenmenschliches Verhalten auswirken. In meinem beschriebenen Fall ist es ein Herz, das rast und ein Körper, der für einen kurzen Moment wie versteinert ist, immer dann, wenn es im Dunkeln knallt. Als unmittelbare Folge gehe ich selbst heutzutage weder gerne ins Kino, noch habe ich riesigen Spaß am Silvesterfeuerwerk.

Unser Körper ist auch ohne die Benutzung des Bewusstseins ein sehr selbstbewusstes System. Er erinnert sich an das, was ihm passiert ist. Wenn es Situationen und Traumata sind, die sich spürbar und sichtbar im Körper manifestiert haben, dann sprechen wir vom *Felt Sense*. Wenn es solche sind, die sich auf den Informationen auf unseren Zellen bemerkbar machen über Veränderungen in der DNA, so sprechen wir von *Epigenetik*. Wenn es Erinnerungen aus einem anderen Leben sind, dann nennen wir es *Karma*.

Wir sind also spürende Wesen, *Homo Sensorium*, wie ich uns gern nenne.

Felt Sense ist keine kognitive, sondern eine physische Erfahrung, also das körperliche Wahrnehmen einer Situation, einer Sache oder einer Person. Es ist ein Gefühl, das alles umfasst, was man in dem Moment des Ereignisses wahrnimmt. Der Felt Sense wirkt im Unterbewusstsein wie ein Medium für die Gesamtheit aller Sinneserfahrungen, integriert alle Informationen des Erlebens, macht jede Erfahrung intensiver.

Der Felt Sense ist die Erfahrung, in einem lebendigen Körper zu sein, der seine Umgebung begreift, indem er seine feinsten Reaktionen auf diese spürt. Unsere Emotionen spielen für den Felt Sense keine große Rolle, wenngleich sie meistens damit zusammenhängen, vielmehr setzt er sich aus allen Sinnen zusammen, dem Hören, Sehen, Riechen, Schmecken, dem Temperatursinn, der Oberflächen- und Tiefensensibilität. Ein Felt Sense unterscheidet sich von der Emotion, weil er im Körper lokalisiert werden und als Körpergefühl erlebt werden kann. So hat jedes Trauma, jede Situation und jede Empfindung ein Körpergefühl. Sie kann eine Form haben, groß oder klein sein oder sich in der Qualität und im Ort des Körpers, wo sie auftritt, unterscheiden. Felt Sense ist komplex und verändert sich ständig. Deshalb versetzt er uns in die Lage, Wahrnehmungen zu verändern, voranzukommen, neue Informationen auf alte Situationen zu setzen, uns über den Körper aus seelischen Traumata herauszubewegen.

In meiner Arbeit als Physiotherapeutin begegne ich Felt Sense immer wieder aufs Neue. So auch bei Martina. Sie war eine Patientin mit starken Schmerzen in der linken Schulter. Die Schmerzen gingen einher mit Herzrasen, sodass sie erst an einen Herzinfarkt dachte. Mit sechsunddreißig Jahren etwas verfrüht, wie ich bemerkte. Also begaben wir uns auf Spurensuche. Wir kamen uns vor wie Sherlock Holmes und Watson, während wir die Schmerzlinie nachzeichneten. Am Ende ergab sich ein phantastisches Ergebnis: Jahre zuvor war Martina als Fahrerin in einen schweren Auffahrunfall verwickelt gewesen. Sie hatte danach ein ganzes Jahr lang psychische Probleme gehabt und konnte erst nach zehn Monaten wieder mit einem normalen Gefühl in ein Auto steigen und fahren. Körperlich waren damals, abgesehen von der klassischen Gehirnerschütterung, keine Folgen entstanden. Nun zog sich der Schmerz von der linken Schulter über den unteren rechten Rippenbogen bis hin zum rechten Beckenknochen. Und immer, wenn der Schmerz stark war, kamen vegetative Stressreaktionen wie Herzrasen und Schweißausbrüche hinzu. Es war die Linie des Gurtes auf dem Fahrersitz. Und Martina fiel ein, dass sie die schlimmsten Schmerzen immer nach langen Autofahrten hatte. Sie dachte, es sei das lange Sitzen. Den Unfall hatte ihr Kopf längst vergessen. Der Körper nicht. Wir legten unsere Behandlungen immer so, dass sie nach langen Autofahrten stattfanden und wenn wir keinen Termin hatten, ging Martina in intensives Kardiotraining, damit der Körper sein Herzrasen und die Schweißausbrüche auf diese Weise reframen, also in ihrer Bedeutung verändern konnte. Der Körper von Martina bekam so eine neue Information auf einen Felt Sense. Das wirkte. Nach einer Weile wurden die Schmerzen gelindert und Martina konnte problemlos wieder lange Strecken fahren. Und für alle weiteren Belastungen im Leben hatte sie jetzt eine eigene Methode, das Kardio-Training.

Epigenetik beginnt mit unserer kleinsten messbaren Einheit, der DNA. Auf der DNA, der Erbinformation auf unserem Zellkern, liegt der Code unseres Lebens. Nur etwa ein oder zwei Prozent dieser Gene sind die Merkmale, die uns aussehen lassen, wie wir aussehen, vielleicht mit roten Haaren und grünen Augen, mit Sommersprossen und einem Leberfleck unter dem rechten Schulterblatt. Diese ein bis zwei Prozent Unterschied, das sind Merkmale, die uns Menschen voneinander unterscheiden sowie den Menschen vom Tier und Tiere untereinander. Sie bestehen aus bestimmten Mustern und sind unveränderbar. Der andere Teil unserer Gene, ist wie von selbst durch neue Verhaltensmuster veränderbar. Über neunzig Prozent unserer eigenen DNA ähnelt derjenigen des Menschen uns gegenüber, egal welches Alter, welches Geschlecht oder welche Hautfarbe er hat.

Die Unterschiede zwischen uns und anderen liegen lediglich in der Information, die diese Texte auf unseren Zellen beinhalten. Je nach Ihrer Beschaffenheit sind Gene träge, aktiv, inaktiv oder nehmen unterschiedliche Botenstoffe an.

Wir haben es selbst in der Hand, die Textbausteine immer wieder zu verändern, während wir uns am Leben beteiligen. Es reichen zum Beispiel zwanzig Minuten Bewegung in Form von Sport, um Zellen, die für die Speicherung von Fett zuständig sind, auf *kein Fett aufnehmen* umzuschalten oder um Zellen, die für Diabetes Typ 2 verantwortlich sind, auf *inaktiv* zu stellen. Wer sich regelmäßig bewegt, beeinflusst diese Zellveränderungen dauerhaft zum Guten. Ebenso jene, die den Energiehaushalt, den Kohlehydratstoffwechsel und den Muskelaufbau betreffen. Das bedeutet, dass regelmäßige Bewegung positiv auf unsere Gesundheit und unser Wohlbefinden wirkt.

Heute wissen wir zudem, dass sich die Informationen auf Genen über mehrere Generationen hinweg vererben können.

Haben Ihr Sohn wie auch Ihre Mutter Angst vor engen Räumen? Bekommen Sie nachts dieselben Wadenkrämpfe, von denen Ihre Großmutter früher berichtete? Oder gibt es ein anderes erstaunliches Phänomen in Ihrer Familie, welches sich bis heute weitervererbt hat? Ein Zehengelenk, das nur in Ihrer Familie so beschaffen ist wie Ihres und welches Sie zu verstecken versuchen?

In der Schwangerschaft wird Zellmaterial hin und her bewegt. Das erste Zellmaterial ist eine Mischung aus Spermien des Vaters und Eizelle der Mutter. Der Rest des Materials wird über die Nabelschnur ausgetauscht. Wenn ein Kind geboren wird, hat die Mutter zu ihren eigenen auch Informationen des Kindes und des Vaters in ihrem System. Und das Neugeborene besteht auch aus dieser Mischung. So trägt es die DNA vom Vater und von der Mutter, die wiederum das Zellmaterial ihrer jeweiligen Eltern und Geschwister in sich beherbergen und so weiter. Ein ewiger Kreislauf, der so bunt ist wie das Leben.

Unser Körper erinnert sich also nicht nur an das, was wir selbst gelernt haben, sondern auch an jenes, was Generationen vor uns lernen durften oder mussten. Die Codes auf den Zellkernen tragen infolgedessen Erfahrungen mit sich, die Generationen vor uns gemacht haben. Hungersnöte, Kriege, Ängste sowie Zeiten der Fülle, der Freude und der Hoffnung. Die Informationen auf den Zellkernen kennen Schmerz und Wohlbefinden, Gelassenheit und Stress, Gefahr und Sicherheit. Je nach Intensität der Erfahrungen der Generationen vor uns sind sie teilweise noch starrer manifestiert als die Einstellungen der Codes aus unserer eigenen Lebenserfahrung. Die Informationen auf unseren Zellkernen lassen in uns Reize entstehen, die an das Körpersystem und an das Gehirn weitergeleitet werden.

Nun komme ich zum *Karma*. Versuchen Sie mitzugehen, sehr gerne mit einer gewissen Skepsis, aber es lohnt sich zumindest, auch diese Art der Körpererinnerung in Betracht zu ziehen. Sogar mein 13-jähriger Sohn und seine Freunde benutzen das Wort Karma schon, als sei es gesetzt. Das bemerkte ich vor kurzem, als ich meinem Sohn in der Unterhaltung mit seinem Freund zuhörte. Sie sprachen von einem Klassenkameraden, der bei einer Matheaufgabe beim Schummeln erwischt wurde und eine glatte Sechs vom Lehrer bekam. Plötzlich sagte mein Sohn: „Karma!". Die heutige Jugend benutzt folglich das Wort Karma in etwa so, wie wir früher „das geschieht ihm ganz recht" gesagt hätten. Das fühlt sich fein für mich an. Sehr fein sogar.

Karma kommt aus dem Sanskrit, aus der altindischen Philosophie, und bedeutet *machen oder tun*. Jeder Mensch hat demnach, zusammenhängend mit dem Karma, seinen eigenen sogenannten Dharma, das bedeutet, sein eigenes kosmisches wie auch soziales Gesetz, das es zu erfüllen gilt. Erfüllung bedeutet in diesem Fall, sein Leben mit Gewaltlosigkeit, Wahrhaftigkeit, Geduld, Selbstkontrolle, Mildtätigkeit und Gastfreundschaft zu gestalten. Wenn wir in unserem vorherigen Leben gute oder schlechte Dinge vollführt haben, richtet sich danach auch unser nächstes Leben aus. Wir gehen dabei von der Vorstellung aus, dass sich das Karma auf jedes Leben, das heißt sowohl auf unser aktuelles als auch auf die kommenden Leben, auswirken kann. Für unseren Felt Sense würde es bedeuten, dass unser Körper sich unter gegebenen Umständen selbst an Situationen aus anderen Leben erinnern kann.

Im Zen-Buddhismus gibt es Techniken, in denen der Meditierende versucht, über die Verkörperung an die vergangenen Leben heranzugehen und über dieses Hineinspüren seinem Karma achtsam zu begegnen, seinen Weg zu verstehen und so an und mit sich selbst umgehen zu können. Das ist sicher eine wunderbare Methode, sofern wir es schaffen, uns darauf einzulassen.

Alle Informationen auf den Zellen, ob wir sie nun aus dem aktuellen Leben aufgespielt haben, aus dem Leben unserer Vorfahren oder aus einem oder mehreren Leben, die wir selbst schon leben durften, machen unsere Glaubensmuster aus. Sie machen uns zu dem, der wir sind, was wir fühlen und denken, wie wir uns verhalten. Sie lassen es uns in Mimik, Gestik, Bewegung, vegetativen Reaktionen wie Schwitzen oder Zittern und Sprache ausdrücken. Und rückwirkend geben wir mit jedem Gefühl, Gedanken, Wort, mit jeder Reaktion auf eine Situation, den Zellkernen eine Information zurück, die sich auf die Verfassung der einzelnen Codes auswirkt. Das bedeutet, dass es Dinge, Gerüche, Verhaltensweisen, Geschmäcker oder Körperhaltungen gibt, die wir mögen und nutzen oder eben nicht, ohne deren Ursprung zu kennen. Es mag uns stören oder wir finden es einzigartig und gut. Das Schöne daran ist, dass es nicht in Stein gemeißelt ist.

Unser Verhalten, das wir erfahren oder geerbt haben, können wir also genauso gut wieder verändern wie wir es erhalten haben. Unsere Informationen, die Codierungen auf den Zellkernen, sind immer wieder wandelbar. Ich finde es herrlich, welche Möglichkeiten und Ideen wir mit diesem Wissen für die Welt, unsere Kinder und Kindeskinder entwickeln können.

Wir selbst sowie das Leben unserer Großeltern und Vorfahren haben somit vielleicht einen Einfluss auf unser Wohlbefinden und wir tragen ihre und auch unsere Stärken und Schwächen mit uns herum. Wir versuchen unter Umständen, diese Verhaltensweisen an unser Umfeld anzupassen, das ein anderes ist, als es früher war. In dem Moment kann jede neue Erfahrung, die wir machen, dazu führen, dass sich ein Verhalten verstärkt, verringert oder verändert. Es ist also die sich verändernde Welt, die unsere vererbten Informationen auf den Genen verändert und weiterentwickelt. Wir können nicht rückgängig machen, was die Generationen vor uns erlebt haben, wie sie sich ernährt, bewegt oder verhalten haben. Genauso wenig können wir rückgängig machen, was wir selbst erlebt haben, wie wir uns bis heute ernährt, bewegt oder verhalten haben. Aber wir können uns selbst und unsere Kinder motivieren, gesund zu leben, genug zu schlafen, Stress auszuhalten, liebevoll miteinander umzugehen, uns zu bewegen, uns umweltbewusst zu verhalten und Spaß am Leben zu haben. Wenn wir uns, unsere Mitmenschen und unsere Kinder in ihrem So-Sein annehmen und ernst nehmen und wenn wir individuell auf alle unsere Muster im Denken und Handeln eingehen, unterstützen wir uns und die anderen dabei, unsere eigenen und die genetischen Codierungen sowie den Felt Sense und das Karma der anderen intuitiv zu verstehen, zu akzeptieren und uns nach individuellen Bedürfnissen zu verändern.

Dem Ungleichgewicht der Welt zu begegnen, ist und bleibt eine gemeinsame Reise. Lassen Sie uns also unsere Körper heilen, damit wir uns auf unsere Psyche einlassen können. Und lassen Sie uns mit einer balancierten inneren Kraft unserem sozialen System begegnen und es zu einem schönen Ort machen, der es allen ermöglicht, weiterzugehen auf einem Weg, dessen Ziel wir noch nicht – oder eben doch schon – kennen.

Kennen Sie die Geschichte vom Adler und dem Kondor?

Der Adler und der Kondor ist eine uralte Prophezeiung des Amazonas, die von menschlichen Gesellschaften spricht, die sich in zwei Pfade teilen: die des Adlers und die des Kondors.

Der Weg des Kondors ist der Weg des Herzens, der Intuition und des Weiblichen. Der Pfad des Adlers ist der Weg des Geistes, des Industriellen und des Männlichen.

Die Prophezeiung sagt, dass mit Beginn der 1490er-Jahre eine 500-jährige Periode beginnen würde, in der die Adler so mächtig werden würden, dass sie die Kondore vertreiben.

Die Prophezeiung sagt außerdem, dass in den nächsten 500 Jahren, beginnend im Jahr 1990, das Potenzial für den Adler und den Kondor entstehen würde, um in demselben Himmel zu fliegen und eine neue Ebene des Bewusstseins für die Menschheit zu schaffen.

Die Prophezeiung spricht allerdings nur vom Potenzial, also liegt es an uns, es zu aktivieren und sicherzustellen, dass ein neues Bewusstsein entstehen kann.

NEUE GESCHICHTEN

Dem Ungleichgewicht der Welt begegnen. Aber wie?

Wenn wir das Gefühl haben, unser Leben ist momentan nicht so, wie wir es uns vorstellen, dann machen wir Menschen unterschiedliche Dinge. Es gibt solche, die sich ihrem Schicksal fügen, weitermachen wie bisher, bisweilen im Gejammer aufgehen, aber die Situation annehmen und behalten, wie sie ist. Diese Menschen verharren im Stillstand, wartend auf etwas oder jemanden, das oder der ihnen die Entscheidung abnimmt, um eine Änderung herbeizuführen. Andere wiederum entscheiden sich dafür, diese unangenehme Lebenssituation verlassen zu wollen und etwas zu ändern. Tun sie das allerdings mit ihren vorhandenen Fähigkeiten, ihren alten Glaubensmustern und ihrem gestern angeeigneten Wissen, passiert es oft, dass sie sich nach dem Meistern der schwierigen Lage in einer neuen Situation wiederfinden, die der jetzigen sehr ähnelt. Gefühlt führt beides also zum selben – entweder altbekannten oder neuen jedoch bekannten – Zustand. Was also können wir tun, wenn die Veränderung eine *echte* Veränderung sein soll? Und was ist mit unserer Angst vor dem Unbekannten? Und wie sicher können wir sein, dass der neue unbekannte Zustand uns besser gefällt als der momentane?

Vielleicht helfen uns neue Geschichten, neue Erzählungen, vielleicht dieses Buch, das vom Körper handelt und von der Welt. Wir sind ein Geist, verkörpert in unserem grobstofflichen Organismus, eingebettet in die Welt. Ich verspreche zu versuchen, Ihnen mit einer neuen Perspektive auf unser Seelen-, Geist- und Körpersystem zu dienen. Ich versuche, aus eigenen Hypothesen und denen anderer, aus Erkenntnissen, aus bestehendem Wissen und aus Glaubenssätzen, Bedürfnissen und Wünschen eine Geschichte zu schreiben, die komplex ist und doch einfach in seinen Bestandteilen. Seien Sie einfach offen für das, was nachfolgt. Unser Leben ist eine Herausforderung. Schreiben lässt es einfacher erscheinen.

Stellen Sie sich erneut vor, die Welt schriebe ein Tagebuch, sie könnte im Verlauf der Entwicklung von uns Menschen dies hier bemerkt haben (Auszüge aus „Tagebuch der Welt"):

Ich bin erstaunt, liebes Tagebuch, denn die Verbindung zwischen einigen Lebewesen untereinander ist wundervoll anzuschauen. Frösche beschützen die Eier von Spinnen, Raben helfen Wölfen beim Jagen, Ameisen retten verwundete Raupen. Und was passiert sonst so? Der Mensch. Er wird immer haarloser. Fast nackt sitzt er oft am Feuer und friert. Aus dem Fell der Tiere macht er sich etwas, um sich zu kleiden. Das wärmt ihn. Seine Energie der eigenen Entwicklung scheint er allerdings für andere Dinge als „Fell" einzusetzen. Ich denke, es sind innere Werte wie Intelligenz und Gefühl. Ich bin etwas erstaunt, denn er braucht viel Fell von großen Tieren. Da er sie nicht selbst jagen kann, hat er eine Allianz mit den Wölfen gebildet. Was ich da bemerke, erschrickt mich. Die Wölfe lassen sich auf einen Deal ein, der weniger mit Gleichstellung zu tun hat als mit Ausnutzung. Der Mensch macht den Wolf zu einem von ihm abhängigen und unterwürfigen Geschöpf.

...

Der Mensch hat schon wieder eine neue brillante Idee. Er nennt sie „Ackerbau". Nun, da das Trainieren mit Wölfen geglückt ist und mit ihnen zahme Haustiere entstanden sind, die für Belohnungen alles für den Menschen tun, sogar Schläge und Ketten in Kauf nehmen, überlegt der Mensch schon seinen nächsten Coup, mit Ochsen zusammenzuarbeiten. Zusammenarbeiten ist auch in diesem Fall eine Abhängigkeit des Tieres, gegen eine Ration Futter den Acker der Menschen zu bestellen. Hmmm. Tiere nutzen, ohne sie entsprechend zu belohnen und eine gleichgewichtige Gegenleistung zu bringen? Ist das richtig?

In unserem Zeitalter des Anthropozän ist uns sehr bewusst, dass alles, was wir tun oder nicht tun, einen zu berücksichtigenden Einfluss auf den Fortlauf der Weiterentwicklung der Welt hat. So wie der berühmte *butterfly effect*, die altbekannte Geschichte des Flügelschlags eines Schmetterlings in Brasilien, der es vermag, einen Tornado in Texas auszulösen.

Das, was wir tun, hat also eine Bedeutung, die weiterreicht als wir es mit bloßem Auge sehen und mit unseren gesamten Sinnen wahrnehmen können. Als das vermeintlich intelligenteste, entwickelteste und erkennendste Lebewesen, sind wir Menschen in der Lage, unserem Tun Bedeutung beizumessen. Diese Bedeutung entsteht aus unserer Erkenntnis, aus der Erfahrung, die wir im Laufe unseres Lebens gesammelt haben und aus dem Wissen, das wir zu besitzen glauben.

Wenn ich aus meinem eigenen Blickwinkel auf unser Leben schaue, dann mache ich mir Sorgen um unsere Mutter Erde, die Welt. Denn sie ist krank. Der Planet, der uns versorgt, sich um uns kümmert und uns beschützt, kann seine Aufgabe nicht mehr lange ausreichend erfüllen. Stattdessen verzweifelt die Welt an ihrem eigenen Ungleichgewicht. Wir merken es am Klimawandel, an Krieg, Hunger und Armut, am erhöhten Aussterben der Pflanzen- und Tiervielfalt, an einem immer wärmer werdenden Ozean und dem steigenden CO_2-Gehalt der Troposphäre.

Die Welt ist kaum zu überhören in ihren Schmerzen, ihrem Unwohlsein, ihrer Traurigkeit. Wir lassen sie allein, wir hören weder ihre Sorgen, noch sehen wir ihre Wunden oder nehmen ihre Tränen wahr. Stattdessen stellen wir, in unserem Zeitalter Anthropozän, immer mehr Ansprüche an sie. Wir beanspruchen Sonnenlicht, Wärme, Energie und fordern magische Momente wie Sonnenaufgänge oder Regenbögen, Geysire oder wundersame Geburten. Dabei konsumieren wir ihre Ressourcen als gehörten sie uns. Wir nehmen uns wichtig wie nie zuvor und sorgen uns mehr um unsere Individualität, unseren freien Willen, unser Ego und unseren persönlichen Sinn als um unsere Erde. Während wir uns mehr und mehr mit uns selbst befassen, übersehen wir die Hinweise, die uns die Antwort geben können auf die Fragen, nach denen unsere Welt sucht. Die Antwort gibt uns vielleicht unser Körper, wenn wir achtsam mit ihm umgehen. Oder aber unsere Umwelt kennt sie, wenn wir empathisch mit ihr sind. Vielleicht weiß auch die Welt selbst die Antwort, sobald sie ihr Gleichgewicht zurückbekommen hat.

Diese Sorgen führten mich unweigerlich zur Zelle. Denn mit dem menschlichen Organismus kenne ich mich aus. Der Mensch als Ganzes und sein So-Sein ist etwas, das ich sehr wertschätze. Und das Leben mit all seinen Facetten liebe ich. Ich meine alles, wenn ich „Mit all seinen Facetten" sage, beginnend bei der Zelle und hinausgehend bis in das große Universum. Aus diesem Grund stellte ich mir die Frage, was genau der Zelle die Möglichkeit bietet, auch außerhalb eines Körpers überleben zu können, z.B. auf einem Objektträger des Mikroskops? Ich fand heraus, dass es einiger Bestandteile in Kombination miteinander bedarf, keiner davon fehlen und es schon gar nicht an Interaktion zwischen ihnen mangeln sollte.

Alles in allem sind es sechs Bestandteile: Die Zellmembran, die Mitochondrien, der Golgi-Apparat, das Endoplasmatische Retikulum, der Zellkern mit seiner DNA und das Zytoplasma. Ich überlegte mir, was genau sie für die Zelle machten und welche Aufgaben ihnen zugeordnet werden. Ich hatte den Einfall, dass auch unser Körper über diese sechs Bestandteile verfügt. Einfach größer und anders benannt. Ich arbeitete mit der Zelle und übertrug das Modell sinngemäß auf den Körper. Dabei kam ich zu der Erkenntnis, dass die sechs Bestandteile der Zelle bei uns Menschen gleichgesetzt werden können mit der Haut, dem Herz-Lungen-Kreislaufsystem, dem Immun- und Verdauungstrakt, dem Entgiftungssystem, dem Gehirn und den einzelnen Bestandteilen des körpereigenen Stoffwechselsystems (Bakterien, Zellen und Elektrolyten). Nun fragte ich mich: Wenn die Zelle mit den magischen sechs Bestandteilen überleben kann und wenn es nach meiner Modellvorstellung der Mensch damit kann, gibt es auch die magischen Sechs der Erde?

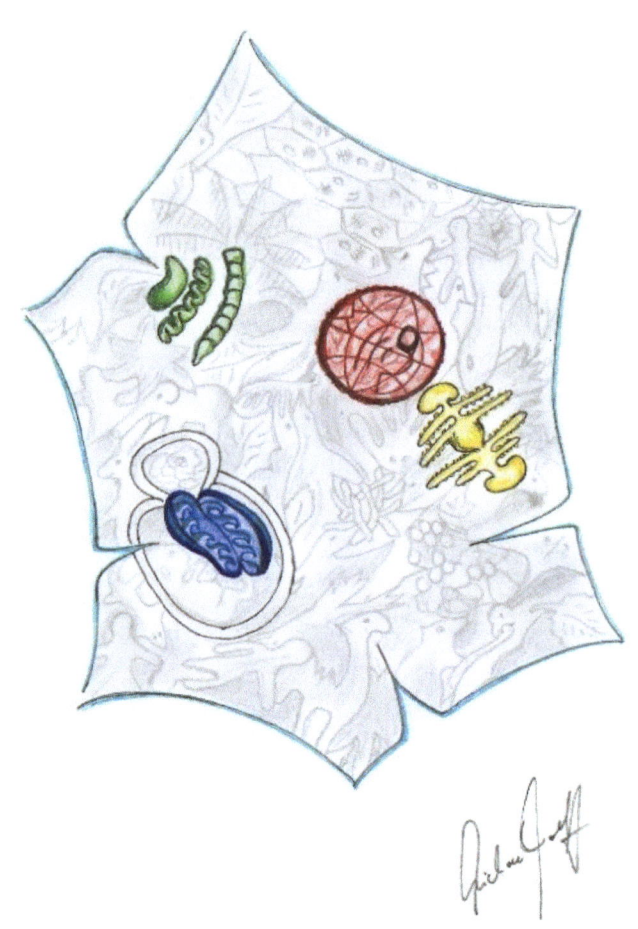

Dieses Bild zeigt eine Zelle mit ihren Organellen, die von meiner Schwester Michaela sorgfältig illustriert wurden. Die winzigen Bilder und Farben erleichtern das Verständnis für den Zusammenhang von Zelle, Körper und Welt, und die Kohärenz kann sich mit den Bildern später im Buch noch weiter verstärken.

Ich führe Sie mit diesem Buch über meine Vermutungen in die Beantwortung dieser Frage hinein. Dabei beginne ich mit dem Körper und den Auswirkungen von physischen Ursachen auf ihn und seine weiteren Bestandteile. Die Folgereaktionen des Körpers auf vorhergehende physische Einflüsse nenne ich soma-somatische Wirkungsketten. Ich beschreibe die für mich wichtigsten Punkte einer Bewegungsanalyse in der Theorie.

Damit ist es möglich, die Bewegungsanalyse in Alltagssituationen durchzuführen. Als unmittelbare Folge stelle ich die uns allen bekannten Zusammenhänge zwischen Körper, Geist und Seele her, beschreibe also die Psychosomatik. Dazu nutze ich Bewegung und erkläre anhand einer eigens entwickelten Bewegungsanalyse bestimmte Muster und die folgenden Vermutungen darüber, was ein Mensch, der sich ausgeprägt in bestimmten Richtungen bewegt, ausstrahlt. Wie wirkt er folglich auf andere, wie ist sein tatsächliches Verhalten und was könnten seine Glaubenssätze sein? Zudem erkläre ich anhand von Fallbeispielen einige Ideen, wie wir vernachlässigte Bewegungsmuster schulen und unsere überaktiven Muster beruhigen können. Am Ende verlasse ich das Körpersystem, um die für das Bewegungssystem gewonnenen Erkenntnisse auf unsere zwischenmenschliche Kommunikation und auf unsere Verantwortung gegenüber uns selbst, gegenüber der Gesellschaft und gegenüber der Welt zu übertragen.

Ich werde versuchen, die Fragen der Welt zu formulieren, denn auch sie sucht meines Erachtens genau wie wir nach ihrem Wohlbefinden, ihrem Sinn, ihrer Gesundheit, ihrem Gleichgewicht. Zwischendurch berichte ich in Form von sogenannten Steckbriefen von den sechs magischen Teilen der Zelle des Menschen und der Welt.
Dieses Buch schenkt Ihnen die Möglichkeit, Ihre Einstellung zum Leben zu verändern. Ich schreibe es nicht, damit Sie es nach dem ersten Lesen direkt in Ihr Bücherregal stellen und vergessen. Es darf Ihnen vielmehr als ständiger Freund und fröhlicher Begleiter dienen, Teil von Ihnen werden.

Versuchen Sie, sich der Magie hinzugeben, weiterzudenken, als Sie es bisher vielleicht wagen wollten oder durften. Ich verspreche Ihnen, dass es sich nicht nur gut und richtig anfühlt, sondern dass aus Gefühlen Gedanken werden, aus Gedanken Worte und aus Worten Verhaltensweisen.

DIE SPRACHE UNSERES KÖRPERS – MEHR ALS NUR BEWEGUNG

IM ZWIEGESPRÄCH MIT DEM KÖRPER

> **„Der Arzt verbindet nur Deine Wunden.**
>
> **Dein innerer Arzt aber wird Dich gesunden."**
>
> Paracelsus

Über ein Jahr war die lange Wanderung nun her, die Frau Petzold als Ursprung der Problematik definierte. Mehrere Stunden seien sie in der Kälte steil bergab gegangen, sie habe sich damals noch einen vorübergehenden Hexenschuss zugezogen und seitdem sei nichts mehr, wie es war. Sie könne keine hohen Schuhe mehr tragen, keine langen Strecken mehr gehen und ihr Bein wolle sich einfach nicht mehr im Knie ausstrecken. Sie sei ein ganzes Jahr nicht mehr zum Tanzen gegangen, ein Hobby, das sie zuvor mehrfach in der Woche ausübte.

Sie sprach über ihren Körper, als gehörte er nicht zu ihr, als sei er ihr fremd, Teil ihres Problems, aber nicht Teil ihres Systems. Während ich ihrer Geschichte lauschte, Frau Petzold beim Gehen und Ausziehen beobachtete, überlegte ich mir, welche Probleme ihr Körper wohl haben könnte. Bergab gehen hing eindeutig mit dem Muskel Tibialis anterior, dem Fußheber, zusammen, Kniestreckung mit dem Popliteus[1], einem kleinen Muskel in der Kniekehle. Die Schwäche im Fuß, die hohe Schuhe

---

[1] Der Popliteus ist ein kleiner Muskel unter der Kniekehle, der für die Rotation im Knie zuständig ist und durch seine Position die Teilnahme an den Endbewegungen im Knie so hat, dass er Bänder und den Meniskus schützt.

unmöglich machte, ging höchstwahrscheinlich von einem Ungleichgewicht zwischen Gastrocnemius und Soleus [2]aus, unseren zwei Hauptmuskeln der Wade, von denen einer mit gestrecktem und der andere mit gebeugtem Knie arbeitet. Weiter gab es die Koinzidenz des Hexenschusses direkt nach der Wanderung, also einer Reizung der Nerven in der Lendenwirbelsäule, die mit Kälte einherging. Diese Reizung hat damals unter Umständen Einfluss auf die Wirkungskette der Blase ausgeübt.

So ging ich also ins Zwiegespräch mit Frau Petzolds Körper, während sie auf der Behandlungsliege lag und ihr Körper mir sein Vertrauen schenkte. Ich arbeitete mich sensibel spürend durch meine eigenen Gedanken, befragte das Gewebe und erhielt deutliche Antworten. Gleichzeitig sprach ich mit Frau Petzold selbst und übersetzte ihr das, was ich verstand, um sie und ihr Körpersystem wieder zu vereinen.

Langsam arbeitete ich mich physiotherapeutisch entlang ihrer Strukturen und machte Frau Petzold auf das aufmerksam, was sie spürte, bis sie merkte, dass ihr Körper und sie die ganze Zeit eins waren und dass sie ihr System überhört hatte. Und als die jeweiligen Strukturen des Körpers meinem Gefühl sagten, dass es das nun gewesen sei, bat ich Frau Petzold aufzustehen.

Nach über einem Jahr gelang es Frau Petzold wieder, mit ihrem Körpersystem zu kommunizieren und mit einem gestreckten Bein zu stehen sowie es - achtsam - schmerzfrei in alle Richtungen bewegen.

---

[2] Der Gastrocnemius ist ein zweibäuchiger und der Soleus ein einbäuchiger Muskel der Wade. Zusammen werden sie triceps surae genannt und sind als dieser maßgeblich an der Fußbewegung
(also der Abroll- und Abdruckphase) beteiligt. Ein unausgeglichenes Verhältnis der beiden kann zu einem unrunden Gangbild und auch zu Achillessehnenproblematiken führen.

Wir rennen hin und her, die Treppe hinauf und wieder hinunter. Unser Blick bewegt sich nach links, der Finger zeigt nach rechts, wir rümpfen die Nase, runzeln die Stirn und knirschen mit den Zähnen. Wir tanzen, hüpfen und versetzen uns in kompliziert erscheinende Yoga-Positionen. Wir atmen, zittern und wippen vom Ballen auf die Ferse. Das und noch viel mehr nennen wir Motorik oder Bewegung. Es ist aber zuallererst nur ein Teil unseres gesamten Bewegungsablaufs, der bei genauerer Analyse als viel größer und bedeutsamer erscheint als in diesem kurzen Moment, in dem wir ihn visuell greifen können.

Unser Bewegungssystem umfasst alles, von der kleinsten Hormonausschüttung im unterbewussten, limbischen System über die Gehirnzelle, die uns denken lässt, dass wir durstig sind bis hin zu dem Moment, in dem wir das Wasserglas nehmen, zum Mund führen, schlucken, das Wasser durch den Verdauungstrakt transportieren, die Nährstoffe und die Flüssigkeit im Körperinneren verteilen und später Abfallstoffe wieder ausscheiden. Wenn wir also das Bewegungssystem als Ganzes beschreiben wollten, müssten wir uns auf das Nervensystem, das Organsystem, das Meridiansystem, das Hormonsystem, das grobmotorische System, das Immunsystem und auch auf weitere, uns unbekannte Systeme beziehen.

Da all das miteinander verknüpft ist, bleibt es in diesem Kapitel, in dem es um den Körper geht, nicht aus, jeden Bereich zumindest immer wieder anzuschneiden. Selbst wenn ich versuche, mich vornehmlich mit der beobachtbaren Bewegung zu befassen, wie beispielsweise die Armbewegung zum Glas und die darauffolgende Schließbewegung der Hand, um es anheben zu können, spielen sich in den Schichten darunter vielfältige Reaktionen ab – bis über die Zelle hinaus. Auch um diese soll es gehen.
Denn jede Aktion, die außen oder innen stattfindet, bewusst oder unbewusst, hat eine neue Reaktion zur Folge.

Diese Reaktionen nennen wir Körpersprache. Es ist ein Zusammenspiel aller innen und außen an der Bewegung beteiligten „Organe" unseres Körpersystems, der Knochen, Gelenke, Sehnen, Bänder, Muskeln, Organe, Faszien, Hormone, Zellen, Bakterien, und anderen Teilen. Sie alle bewegen uns und lassen Bewegung nach Sprache aussehen.

Die Bestandteile unseres Körpers können effizient und in Echtzeit über eine auf ihre eigene Größe bezogene sehr weite Entfernung miteinander kommunizieren und interagieren. Genauer gesagt beträgt die Gesamtlänge des Nervenbahn-Systems unseres Gehirns fast sechs Millionen Kilometer, was ungefähr so viel ist wie 145 Erdumrundungen. Wir sehen folglich nur den geringsten Teil dessen, was passiert mit dem bloßen Auge und können lediglich vermuten, was im Körper passiert, wenn wir Bewegung und Verhalten von außen sehen.

In diesem ersten Kapitel geht es also um alles, was ich für wichtig halte in Bezug auf das Skelettsystem, die Muskeln, die Organe, die Faszien sowie um ihre verbindliche Zusammenarbeit und das Angebot an schön anzuschauenden fließenden Bewegungsmustern. Es ist die verstehbare Sprache des Körpers, zu der immer wieder, bewusst wie unbewusst, auch Gehirnmechanismen, Hormone, Immunzellen, Viren oder Bakterien zum Antizipieren aufgerufen werden.

DIE SYNTAX – DAS SKELETT

Von unserem Skelett, dem Hauptbestandteil unseres sogenannten passiven Bewegungsapparates, geht eine gewisse Faszination aus. Es ist ein beliebtes Kostüm zu Halloween, ein gern gesehener Mitspieler in Horrorfilmen und in jedem Buch über den Menschen eine Abbildung wert. Wahrscheinlich, weil es der Teil von uns ist, der am längsten bleibt, wenn der Rest von uns schon verwest ist. Es besteht aus etwa 220 Knochen, und wir gliedern es zur einfacheren Beschreibung von körperlichen Gegebenheiten in drei Abschnitte. Das Kopfskelett, das wir in Hirnschädel und Gesichtsschädel unterscheiden, das Rumpfskelett, das aus Wirbelsäule und Brustkorb besteht und die Gliedmassenskelette, die den Schultergürtel mit dem Armskelett sowie den Beckengürtel mit dem Beinskelett umfassen.

Wir nennen das Skelett unser Knochengerüst, denn seine Aufgaben sind denen eines Gerüstes gleich, es dient vor allem dem Schutz vor Gewalteinwirkung und als Stütze unseres gesamten Körpersystems. Es bietet zudem mit der Kombination von unterschiedlich geformten Knochen in allen möglichen Größen und ihren Gelenken Flexibilität bei gleichzeitiger Stabilität. Oder wie Goethe einst schrieb: „Gerne der Zeiten gedenk´ ich, da alle Glieder gelenkig – bis auf eins." Aber nun wieder im Ernst, der Aufbau unseres Skeletts macht es möglich, selbst in der Bewegung als Schutz und als Stütze zu funktionieren, sodass einfach umfallen keine Option ist.

Als Knochengerüst sorgt das Skelett also für eine bestimmte Struktur, nach der sich alle anderen Körperteile richten, um ein sinnvoll gestaltetes Menschenbild zu formen. So, wie Sprache eine grammatikalische Struktur benötigt, um den gesprochenen Worten Sinn und Bedeutung zu geben.

Deshalb vergleiche ich das Skelettsystem mit der Syntax, der Lehre vom Satzbau.

Je nach individueller Funktion und Kontext kommen Knochen in verschiedensten Formen vor. Stabförmige Röhrenknochen als Stützpfeiler des Systems finden wir in den Armen und Beinen. Die Wirbelsäule ist stabil und gleichzeitig flexibel. Wir teilen sie in einzelne Abschnitte ein, in Hals-, Brust-und Lendenwirbelsäule, in Kreuz- und Steißbein. Durch Nähte miteinander verwachsene Plattenknochen existieren zum Schutz vor Einwirkung von außen, wie die Knochen des Schädels als Schutz des Gehirns. Das Hand- sowie das Fußskelett sind besondere Teile unseres gesamten Gerüstes. Die Hand hat sich im Laufe der Evolution mit ihren 27 Knochen zu einem feinmotorischen Wunder entwickelt, in dem der Daumen zu einem den restlichen Fingern gegenüberliegenden Glied geworden ist. Dies ermöglicht es uns, zu greifen und filigrane Arbeiten zu erledigen. Der Fuß, mit nur einem Knochen weniger als die Hand, ist durch sein Fußgewölbe zu einer außergewöhnlich auf- und abfedernden Stütze des Körpers geworden und für Stehen, Gehen und Laufen gleichermaßen verantwortlich.

DIE SEMANTIK - MUSKELN

Muskeln sind für die Anspannung und Entspannung zuständig. Für das Bewegungssystem und den Herzmuskel sind es die Skelettmuskeln, für die Organe und Blutgefäße sind es glatte Muskeln, sie zählen zum aktiven Bewegungsapparat.

Die Skelettmuskeln erleben seit einigen Jahren ein Comeback, vor allem bei der Jugend. Wir sind zu Selbstoptimierern geworden, gehen in die Muckibude und betreiben Körperkult. Es geht darum, sich von den anderen abzusetzen. Nur noch klug zu sein, ist kein Kriterium mehr. Klug und schön wollen wir sein. Muskeln gelten als das, was uns formt. Ein Irrglaube, der veränderungsbedürftig ist. Denn Arnold Schwarzenegger oder auch Sylvester Stallone, die Muskelhelden meiner Generation, können zwar Muskulatur besitzen, wenn sie aber das übrige Körpersystem vernachlässigen, bleibt von ihrer Ausstrahlung nicht mehr viel übrig.

Was Muskeln zu Muskeln macht, ist ihre Struktur. Skelettmuskeln bestehen aus einer in Längsrichtung verlaufenden Fadenstruktur, die bei genauer Betrachtung ein Farbmuster wie eine aufgefädelte Kette enthält. Die roten Farbstücke sind sogenannte Sarkomere. Das Sarkomer ist die kleinste funktionelle Struktur einer Muskelfaser.

In der Ausbildung lernte ich anhand eines Spruches den Aufbau des Sarkomers, ich erinnere mich vage an: „Zehn Igel am Hang machen hundert anstrengende igelige Zuckungen.". Dieser Satz stand für Z-I-A-H-M-H-A-I-Z. Denn ein Sarkomer besteht aus Z-Scheiben mit einem I-Band an den äußeren Rändern, einer H-Zone zwischen dem Myosin, M, im Zentrum und den dazu passenden Aktinfilamenten, A.

Ich verbleibe kurz bei den meines Erachtens wichtigsten

Teilen eines Sarkomers, den zwei sogenannten Myosinfilamenten Aktin und Myosin. Die Aktinfilamente sind dünne Fäden, die von beiden Seiten parallel in die Mitte des Sarkomers hineinragen, sich jedoch nicht berühren. Die Myosinfilamente bilden die Mitte und haben als Besonderheit Köpfe wie die eines Golfschlägers, die im entspannten Zustand auch die anderen Strukturen nicht berühren. Bei Anspannung verbinden sich die Köpfe vom Aktin mit den Fadenstrukturen des Myosins und die Myosinfäden gleiten so von den Rändern in die Mitte. Das ergibt die Muskelkontraktion, die Anspannung des Muskels. Er zieht sich zusammen, da die beweglichen Strukturen an ihren Rändern jeweils statische Halterungen besitzen. Hier sind wir bei Z, den sogenannten Z-Scheiben. So wie der ganze Muskel als solcher auch, dessen Muskelbauch meist über zwei Sehnen an Knochen oder straffen Fasziensträngen befestigt wird. Den Befehl anzuspannen, bekommt der Muskel aus dem Nervensystem. Der Begriff des dem Muskel inne liegenden Antriebssystems nennt man motorische Einheit. Eine motorische Einheit ist der Verbund, den die Muskelfaser mit ihren dazugehörigen Nerven bildet. Hier gibt es eine logische Regel, die besagt, dass Muskeln mit einer koordinativ anspruchsvolleren und komplexeren Aufgabe als andere mehr Neuronen, also Nervenzellen, zugesprochen bekommen. Bei den Augenmuskeln sind in einer motorischen Einheit zum Beispiel nur zehn Muskelfasern enthalten. Andere Muskeln, die nicht so fein gesteuert werden, haben Hunderte oder sogar Tausende von Muskelfasern, die auf nur einen Nerv treffen. Das Nervensystem kann jedes Sarkomer einzeln innervieren, also versorgen. So kann es die Kraft bestimmen, mit der ein Muskel arbeitet.

Es gibt zwei verschiedene Arten von Muskelgruppen, die tonischen und die phasischen Muskeln. Sie kommen im gesamten Körpersystem vor und haben aufgrund ihres

Aufbaus verschiedene Funktionen. Ihr Zusammenspiel ist darauf ausgerichtet, dass wir in der Beweglichkeit unsere Stabilität bewahren können. Skelettsystem, Muskulatur, Organe und Faszien haben also alle auf ihre individuelle Art ein gemeinsames Bestreben, unser System im Gleichgewicht zu erhalten.

Tonische Muskeln sind unsere Haltemuskeln und wir erkennen sie daran, dass sie aus vorwiegend roten Muskelfasern bestehen. Dies bedeutet auch, dass sie viele Sarkomere besitzen. Sie arbeiten langsam und ausdauernd und entfalten dabei eine gewisse Kraft, die sie nicht unbestimmt vergrößern können. Da sie nicht auf Flexibilität, sondern vielmehr auf Stabilität ausgerichtet sind, also im Notfall unsere Körperspannung zu erhöhen, neigen sie zu Verkürzung. Typische tonische Muskeln sind in unserer Oberschenkelrückseite und in der Wade zu finden, da diese unsere Standbeinphase organisieren. Aber auch in unserem Brustmuskel, dem Rückenstrecker und dem Schulterblattheber, da wir dauerhaft die aufrechte Körperhaltung anstreben.

Phasische Muskelgruppen sind eher helle Muskelfasern. Das liegt daran, dass sie weniger Sarkomere beherbergen. Sie sind darauf ausgerichtet, auf plötzliche Gegebenheiten zu reagieren. Ihr Fokus liegt auf Geschwindigkeit und hoher Kraftentfaltung. Dabei sind sie nicht ausdauernd wie die tonischen Muskeln. Sie sind schnell bereit, aber auch schnell wieder erschöpft. Und neigen daher dazu, im ungesunden Zustand abzuschwächen, also zu atrophieren. Typische phasische Muskeln sind zum Beispiel unsere Fußheber im Schienbein, die Mehrheit an Fußmuskeln sowie die meisten der Bauchmuskeln. Das ist evolutionsbiologisch entstanden für unsere Flucht- und Kampfreaktion, mit denen wir Säbelzahntiger und Feind begegneten.

Unsere Skelettmuskulatur verfügt, selbst im Schlaf, über eine gewisse Grundspannung. Das ermöglicht uns, ohne großen Einsatz von Energie die aufrechte Körperhaltung während unseres anstrengenden Alltags beizubehalten. Im Gegensatz dazu können sich Muskeln nicht aktiv wieder aus dieser Anspannung lösen. Dazu benötigen sie einerseits die Elastizität der sie umgebenden Faszie, die ich im folgenden Abschnitt beschreibe, und wenn möglich, auch noch einen muskulären Gegenspieler, den sogenannten Antagonisten. Er verkürzt sich, um dem Gegenüber wieder zur entspannten Streckung zu verhelfen. Bizeps und Trizeps sind dafür ein bekanntes Beispiel. Das MuckibudenPhänomen ist in dem Moment zu überdenken, wenn wir unser System als komplex und in seiner Ganzheitlichkeit begreifen. Denn es gibt neben Antagonisten auch sogenannte Agonisten. Das sind Hilfsmuskeln, die eine ähnliche Funktion wie der Hauptmuskel selbst haben. Sie können daher den Hauptakteur einer Bewegung unterstützen und ihm zusätzlich eine Richtung geben, sodass eine dreidimensionale Bewegung entsteht. Und auch hier sind selbstverständlich die sie umgebenden Faszien mitbeteiligt. Im Fitnessgerät trainiert man den Muskel isoliert. Das lässt ihn nach einer Weile schön aussehen, aber es macht ihn nicht zu einem Teil, der in der motorischen Aufgabe mit seinen Mit- und Gegenspielern kommunizieren kann. Das bedeutet überspitzt zum Beispiel, bezogen auf den Bizeps, dass dieser zwar 35 Kilogramm im Gerät stemmen kann, aber es nicht zu schaffen vermag, den vollgepackten Reisekoffer auf die Ladefläche des Autos zu heben.

Eine weitere Funktion der Skelettmuskulatur ist, dass sie selbst dann, wenn wir schlafen oder uns in Alltagssituationen nicht bewegen, über ihre Grundanspannung Wärmeenergie erzeugt. Wenn wir die Muskeln aktiv bewegen, steigert sich der Energieumsatz um ein Vielfaches. Die erzeugte Wärmeenergie ist für die Anspannung und Kraftentwicklung der Muskeln notwendig und wird dort ungefähr zur Hälfte verbraucht. Die zweite Hälfte der Energie speichert der Körper, sie steht uns, sobald wir sie benötigen, als Körperwärme zur Verfügung. Unser System nutzt diese Extra-Energie unwillkürlich, wenn wir frieren zum Beispiel. Zittern ist die kurze Kontraktion von Muskeln, die dabei Wärme erzeugen.

Glatte Muskeln bewegen die inneren Organe und die Blutgefäße und kommen auch in unserer Haut vor. Im Gegensatz zum hauptsächlich zentral gesteuerten Skelettmuskelsystem arbeiten sie größtenteils autonom, werden also nicht zentral, sondern von hormonellen Zuständen und dem vegetativen Nervensystem gesteuert. Sie reagieren also auf unsere psychische Verfassung. Ihren Namen haben sie aufgrund ihres Aussehens. Sie verfügen im Gegensatz zu den Skelettmuskeln nicht über eine sichtbare Struktur. Auch hier gibt es eine Einteilung in phasische und tonische Muskeln. Tonische glatte Muskeln sind solche, die in ständiger Anspannung stehen, wohingegen phasische glatte Muskeln sich gleichmäßig an- und entspannen können.

Muskeln füllen unseren Körper mit Inhalt so wie Worte unsere Sätze damit füllen. Je nach Aussagekraft bekommen Worte in Sätzen eine besondere Bedeutung, wie auch Muskeln im Körper, wenn sie angespannt oder gelöst sind. Deshalb vergleiche ich Muskeln mit der Semantik, der Lehre der Bedeutung der Worte, Zeichen und Symbole. Die verschiedenen Funktionen der Einzelteile in unserer Sprache sind vergleichbar mit der individuellen Bewandtnis jedes einzelnen phasischen, tonischen, glatten oder Skelettmuskels für unseren Körper.

DIE KÖRPER-GESCHICHTE VON PETER

Peter ist fünfzig und ein Langstreckenläufer. Er kam mit einer chronischen, inzwischen drei Monate andauernden, Achillessehnenentzündung beider Füße zu mir. Sein Orthopäde ordnete ihm absolute Ruhe an und bestellte ihn wöchentlich zur Stoßwellenbehandlung ein. Stoßwellen sind elektromagnetisch erzeugte Stromimpulse, die die Durchblutung und den Zellstoffwechsel im Gewebe anregen sollen. Prinzipiell bin ich kein Gegner von Elektrotherapie. Jedoch ist es schwierig für mich zu verstehen, wenn Patienten sich auf einen Arzt oder Therapeuten verlassen und nicht mehr auf ihr eigenes inneres Bedürfnis oder ihre Intuition hören. Als Arzt Ruhe und Schonung zu verordnen, ist eine Seite dieser Medaille, als Patient einfach und unreflektiert dieser Anweisung zu folgen, ist die andere.

Peter führte ein Lauftagebuch, das ziemlich genau zu der besagten Zeit am Ende seiner leeren Seiten angekommen war, als Peters Achillessehnen begannen zu schmerzen. „Ein eindeutiges Zeichen, dass es mit mir zu Ende geht", wie er sich selbst einredete. Nun kam er also zu mir gehumpelt, alles tat ihm weh. Inzwischen litt er unter chronischer Nackenverspannung und Schulterschmerzen auf der rechten Seite.

Ich fragte Peter, ob er sich vorstellen könnte, mit mir durch einige Wochen Qualen zu gehen. Ich erklärte ihm, dass er sein Leben von Schonung in Aktivität verändern müsse, von Aufgeben zu Weitermachen, und gab ihm die Möglichkeit, eine Weile darüber nachzudenken. Wichtig bei dieser Vorgehensweise sei nur eines: Seine Achtsamkeit sich und seinem System gegenüber. Peter müsse lernen, seine Schmerzen und Symptome wahrzunehmen, einzuschätzen und damit umgehen zu können. Mein Versprechen an ihn war, dass ich ihn bis zur Schmerzfreiheit begleiten würde, dass er mir und vor allem sich selbst vertrauen könne, dass er mit Achtsamkeit in der Bewegung seine Schmerzen wie von allein in den Griff bekommen würde und dass er in spätestens einem halben Jahr wieder an Wettkämpfen teilnehmen könne.

Im ersten Termin kümmerte ich mich um seine Achillesfersen und die rückseitige Wadenmuskulatur über Druck und Zug in der Dynamik. Die Zusammenhänge waren wahrnehmbar bis hin zum Nacken, somit integrierte ich die damit zusammenhängenden Strukturen der Wirkungskette in meine Arbeit und hoffte, ihn nicht zu überfordern.

Peter rief mich am folgenden Tag an, sagte mir, dass er über Nacht sehr starke Schmerzen in den Füßen, unter den Sohlen hatte wie nie. Zudem war eine Zugspannung im Nacken entstanden, die sich wie ein Befreiungsversuch der Muskulatur anfühlte. Ein Wohlweh, welches er auf die Behandlung bei mir zurückführte. Heute, am Tage des Anrufs, ginge es ihm aber schon deutlich besser. Er würde sehr gerne weiter mit mir arbeiten wollen.

Wir planten also unsere gemeinsame Zusammenarbeit der nächsten Monate, bauten Peters Trainingspensum Woche für Woche auf. Peter kaufte sich ein neues Lauftagebuch, nahm sein Schicksal wieder selbst in die Hand und joggte sich Tag für Tag durch seine einst mürben, verklebten und bald schon fließenden freien Strukturen. Ich behandelte ihn zweimal pro Woche bis zu seiner Schmerzgrenze und zeigte ihm zusätzliche Übungen. Zur Bewegung hinzu kamen alle möglichen anderen Maßnahmen. Magnesium, Flüssigkeit, entzündungshemmende Medikamente, Kinesiotapes, Quark. Das Spektrum reichte von kleinen, angenehmen homöopathischen Streicheleinheiten bis hin zu äußerst leidvollen Interventionen. Peter machte alles mit und wurde belohnt.

Peter lief sieben Monate später einen Halbmarathon - in Helsinki - und schickte mir eine Postkarte.

DIE LINGUISTIK – ORGANE

Haben Sie schon einmal Gift und Galle gespuckt? Läuft Ihnen beizeiten eine Laus über die Leber? Kennen Sie das Gefühl eines gebrochenen Herzens? Haben Sie sich vielleicht auch mal die Lunge aus dem Leibe gerannt? Und wissen Sie, wie es ist, wenn Liebe durch den Magen geht? Wie Sie bemerken, sind Organe sehr gerne in Redewendungen allgegenwärtig in unserem Leben. Wir kennen sie anatomisch nicht alle wirklich gut, wissen vielleicht, dass sie aus Zellen und Geweben gebaut sind, wo im Körper sie ungefähr zu finden sind und kennen ihre Aufgaben, ihre Grundfunktionen. Und wir nutzen sie gerne als Metaphern für unseren Gemütszustand.

Ich möchte Ihnen die Organe unseres Körpers kurz aus meiner Perspektive vorstellen und die Art und Weise, wie sie mit anderen Teilen des Körpers in Zusammenhang stehen und korrelieren, beziehungsweise kommunizieren. Wir nennen dieses Zusammenspiel *Funktionskreise* oder *Wirkungsketten*. In der chinesischen Medizin gibt es zwölf solcher Funktionskreise, sogenannte *Meridiane*, die sich auch bei uns etabliert haben.

Wirkungsketten des Körpersystems beinhalten quasi alles, von Organ über Gelenk, Nerv, Muskel, Hormonhaushalt, Stoffwechsel, Zähne bis hin zum Immunsystem. Ist einer der Faktoren chronisch in einer belasteten oder ungesunden Situation, beeinflusst er die anderen automatisch und die Wirkung ähnelt der eines angestoßenen Dominosteins in einem sauber aufgebauten Muster. Einer wird angestoßen und alle fallen um.

Um die Funktionskreise genauer zu ermitteln, können wir uns in jedem Fachgebiet aufhalten, das uns gefällt. Egal, ob wir das Wissen der chinesischen Meridiane, der Schulmedizin, esoterischer Energien oder kinesiologischer Muskeltests anwenden, wir kommen jeweils auf dieselben

Zonen von Wirkungsketten einzelner Organe. Zudem existiert zwischen einzelnen Organen ein gewisser symbiotischer Zusammenhang, eine Polarität, in der traditionellen chinesischen Medizin als Yin und Yang bezeichnet. Je zwei Partner, die ohne einander nicht existieren können. Sie bedingen sich gegenseitig und bringen sich wechselseitig hervor. Ein Dualismus, wie Kälte und Wärme, wie hell und dunkel. Diese in Beziehung zueinanderstehenden Organe befinden sich immer in einem Zusammenspiel zwischen einem Nährstoff oder Energie speichernden Organ und einem Hohlorgan mit einer Verbindung nach außen. Und auch hier gilt es wie bei den Muskeln zwischen Antagonisten und Agonisten. Zu viel oder zu wenig Aktivität des einen Organs wirken sich entsprechend auf die Funktionen seines Partners aus.

Die einzelnen Wirkungsketten sind für gewöhnlich eine Anhäufung von lateinischen Fachbegriffen und Fakten. Ich versuche, sie Ihnen möglichst gedeihlich zu vermitteln und setze immer wieder ein paar kleine Beispiel-Geschichten dazwischen.

Wirkungskette Magen und Milz mit Bauchspeicheldrüse.

Unser Magen wird von zwei Stellen der Wirbelsäule mit
Nerven versorgt, sprich: inneviert. Zum einen vom
Halswirbel C3, dem dritten von oben. Zum anderen vom
Brustwirbel Th6, dem sechsten von oben. Diese Segmente
der Wirbelsäule sind mit verschiedenen Muskeln verbunden.
Im Falle von C3 und Th6 sind das unter anderen der obere
Teil des Brustmuskels und die Nackenflexoren und –
extensoren, die Kopf-Nicker, sowie die Muskeln, die die
Schultern hochziehen und den Unterarm bewegen. Die
gesamte Wirkungskette des Magens verläuft vom seitlichen
Nasenflügel über Stirn und Kiefer, das Schlüsselbein, das
Schambein, den vorderen Verlauf des Beines hinunter bis
zur 2. und 3. Zehe. Das Hormon- und Immunsystem
betreffend, steht der Magen in unmittelbarem
Zusammenhang zu Verdauungsthematiken, Allergien,
Spannungszuständen von Nacken- und Gesichtsmuskulatur,
unserer Schleimhautbeschaffenheit oder Schmerzzuständen
in der Stirn.

*Kennen Sie die sogenannte Klopftechnik? Ich bin ein Fan
davon, denn sie funktioniert für mich und ist einfach
durchführbar. Es gibt einige Klopftechniklehren, sie nennen
sich EFT, MET und auch anders. Sie basieren auf unseren
Meridianen und das Klopfen hat die Funktion, den
Energiefluss dieser wieder in Einklang mit dem System zu
bringen. Ich bemerke oft nach dem Essen, besonders, wenn
ich viel weißes Brot gegessen habe, wie in meinem
Stirnbereich Kopfschmerzen entstehen, mein Nacken
verspannt und meine Augen sich unwohl anfühlen. Dann
denke ich sofort an meinen Magenmeridian, denn die
Symptome passen. Die Stelle, die wir in diesem Fall
klopfen, ist neben dem Nasenflügel unter dem Auge. Da ich
mit der genauen Methode an sich nicht wirklich bewandert*

bin, klopfe ich einfach sanft mit Zeige- und Mittelfinger in einer schnellen Frequenz, manchmal bis zu fünf Minuten. Es hilft. Das Beklopfen der entsprechenden Energiebahn des Magens schwächt die Symptome sofort ab und ich fühle mich schnell besser.

Die Liste der Stellen, die wir je Meridian am Sinnvollsten beklopfen können, sind die Folgenden:

Magenmeridian → Klopftechnik unter der Pupille

Milz- Pankreas- Meridian → Klopftechnik unter dem Unterarm
Herzmeridian → Klopftechnik kleiner Finger Falz innen

Dünndarmmeridian → Klopftechnik Handkante

Blasenmeridian → Klopftechnik Augenbraue innen

Nierenmeridian → Klopftechnik unterhalb des Schlüsselbeins

Perikard- Meridian → Klopftechnik Mittelfingerfalz innen

Dreifacherwärmer-Meridian → Klopftechnik Ringfingerfalz innen

Gallenblasenmeridian → Klopftechnik Seite vom Auge

Lebermeridian → Klopftechnik unter der Brust

Lungenmeridian → Klopftechnik Daumennagelfalz innen

Dickdarmmeridian → Klopftechnik Ringfingerfalz innen

Versuchen Sie es doch auch mal aus. Es ist durchaus wirksam und macht auch noch Spaß.

Unsere Milz und Bauchspeicheldrüse werden von C1, dem obersten Halswirbel sowie den Brustwirbeln Th5 und Th7 innerviert. Diese Segmente der Wirbelsäule stehen im Zusammenhang mit dem Trizeps, den hinteren Schulterblattmuskeln (Latissimus und Trapezius) und mit der Wangen- und der den Mund umgebenden Muskulatur. Die gesamte Wirkungskette Milz - Bauchspeicheldrüse verläuft vom Nagel des großen Zehs über das innere Fußgewölbe das innere Knie entlang über die Leiste durch das Zwerchfell über die Speiseröhre bis hin zur Zunge. Das Hormon- und Immunsystem betreffend, stehen Milz und Bauchspeicheldrüse in unmittelbarem Zusammenhang zu dem Säure-Basen-Haushalt unseres Systems, der Insulinproduktion, dem Körpergewicht, dem Zustand der Muskelkraft, Venenthematiken, der Immunabwehr im Gesamten, Knirschen mit den Zähnen oder Schmerzzuständen der Schulter beim Bewegen.

Wirkungskette Herz und Dünndarm.

Unser Herz wird von Th2 innerviert. Dieses Segment der Brustwirbelsäule steht im Zusammenhang mit der äußeren vorderen Oberschenkelmuskulatur (Vastus Lateralis) und dem vorderen Oberarmmuskel, der bis ins Schulterdach geht. Die gesamte Wirkungskette des Herzens verläuft vom tiefsten Punkt der Achselhöhle über die Innenseite des Oberarms bis hin zum kleinen Finger. Das Hormon- und Immunsystem betreffend, steht das Herz in unmittelbarem Zusammenhang mit dem Kraftzustand der Beine, Entzündungszuständen von Schulter und Ellbogen, HerzKreislauf-Thematiken, blasser Farbe des Teints oder Schwindelzuständen.

Als ich noch im ersten Jahr meiner Tätigkeit als Physiotherapeutin war, kam ein junger Mann mit einer Epicondylitis zu mir, einer Entzündung im Ellbogen, kurz: mit einem Tennisarm. Ich behandelte ihn, wie ich es gelernt hatte und wie es auf dem Rezept stand: „6 x QF, 6 x US", was so viel bedeutete wie sechsmal zwanzig Minuten Querfriktionen, das ist eine Bindegewebsmassagetechnik, an der entzündeten Sehne und sechsmal fünf Minuten Ultraschall im Nachgang. Fünf Minuten, weil der Zustand als akut beschrieben war. Der Patient, ein Tennisspieler, erzählte mir während der Behandlungen von seiner gescheiterten Beziehung und seinem gebrochenen Herzen. Ich arbeitete, wie in der Ausbildung gelernt, nach Schema F, konnte ihm nicht helfen, aber er kam wieder. Ich begann gerade mit einer Shiatsu-Ausbildung.

Zufällig war das Herz zu eben dieser Zeit in den Kursen an der Reihe. Nicht ganz so zufällig zählte ich die PuzzleTeile zusammen, der Patient war sehr blass, sprach vom gebrochenen Herzen, war depressiv und hatte in der ersten Behandlung etwas von seinem schwankenden Blutdruck erzählt. In der nächsten Behandlung machte ich mich also an seine Herz-Wirkungskette. Das war der Durchbruch, ein kleiner.

Das war ein Anstoß zum Beginn meiner Reise in die Ganzheitlichkeit. Und auch der Beginn seiner Reise. Der Reise aus der längst chronisch gewordenen Situation heraus.

Unser Dünndarm hat zwei Teile und wird zum einen als Duodenum, dem Zwölffingerdarm, von Th4, Th5 und Th6 zum anderen als Jejunum, dem Leerdarm von L1, dem ersten Segment der Lendenwirbelsäule, innerviert. Diese Segmente der Wirbelsäule stehen im Zusammenhang mit unserer kompletten Unterarmmuskulatur sowie mit dem vorderen Oberschenkel. Die gesamte Wirkungskette des Dünndarms verläuft vom Nagelwinkel des kleinen Fingers gegenüber dem Verlauf vom Herzmeridian über die Außenkante der Elle, den Musikantenknochen, bis hinter das Schulterblatt und von da aus innen über die Schlüsselbeingrube vom Herzen über die Speiseröhre bis zum Dünndarm. Das Hormon- und Immunsystem betreffend, steht der Dünndarm in unmittelbarem Zusammenhang mit unserer Schmerzgrenze, oberflächlichen Wahrnehmungsthematiken wie Taubheit in Handgelenk, Ellbogen, Schulter und Nacken, knackenden Knien, empfindsamen Ohren und geröteten Augen.

Wirkungskette Blase und Niere.

Unsere Blase wird innerviert von L1 und L4. Diese Segmente der Lendenwirbelsäule hängen zusammen mit dem Fußheber und den Wirbelsäulenstabilisatoren im Rücken. Die gesamte Wirkungskette der Blase verläuft von der Stirn aufwärts über Scheitel bis Hinterkopf und wieder abwärts seitlich der Wirbelsäule entlang über das Kreuzbein, die Kniekehle und die Mitte der Wade über die Achillessehne bis zum kleinen Zeh. Das Hormon- und Immunsystem betreffend, steht die Blase in unmittelbarem Zusammenhang mit Blasenthematiken, Symptomen, die die Wirbelsäule betreffen wie Ischias, Rücken, Schultern und Nacken, mit Wadenkrämpfen, Sensibilität auf Kälte, tränenden Augen, laufender Nase oder unausgeglichenen Gleichgewichtszuständen.

Viele Frauen kennen sicher das Phänomen einer Blasenentzündung. Sie können oft auch vorhersagen, wann sie wahrscheinlich kommen könnte. Und meist sind sie selbst schuld daran. Wie ich, als ich vor einigen Jahren auf einem Open-Air-Konzert war. Im Sommer bei Regen spielte Coldplay in München. Und ich vergaß, während ich mitschrie, sang und feierte, wie sehr ich fror, wie nass ich war und wie wenig ich angezogen hatte. Bauchfrei war damals noch möglich. Die Blase dankte und mit ihr auch die ganze Wirkungskette. Denn bereits am nächsten Tag blockierte mein sogenanntes Iliosakralgelenk, es liegt ungefähr da, wo manche von uns hübsche Grübchen haben, links und rechts neben der Lendenwirbelsäule und knapp über dem Kreuzbein. In meinem Fall blockierte das rechte. Der Hexenschuss war die unmittelbare Folge. Unser Körper kann uns oft ein durchaus valides Feedback geben. Hören wir aber zu jeder Zeit auf ihn? Ich gestehe, das nächste Open-Air-Konzert, Jack Johnson, verlief ungefähr genauso.

Unsere Nieren werden von Th9, Th10 und Th11 innerviert. Diese Segmente der Brustwirbelsäule stehen im Zusammenhang mit meinen Lieblingsmuskeln, dem kleinen birnenförmigen Muskel Piriformis im Po und dem dünnen Strang, der über die Leiste geht und direkt neben dem Darm sitzt, dem iliopsoas sowie mit dem Muskel des großen Zehs, den wir beim Gehen benutzen, wenn wir uns vom Boden abdrücken. Die gesamte Wirkungskette der Nieren verläuft vom Fußballen, über den inneren Fußrücken bis zum Knöchel und weiter über die Leiste bis zum Gelenk von Brust- und Schlüsselbein. Das Hormon- und Immunsystem betreffend, stehen die Nieren in unmittelbarem Zusammenhang mit allgemeinen Energiezuständen, Körpergewicht, Hormonschwankungen, Blutdruckthematiken, kalten oder heißen Füßen und Schweißausbrüchen.

Wirkungskette Perikard und Dreifacherwärmer
(Sexualorgane und Schilddrüse)

Unsere Sexualorgane werden innerviert von L3. Dieses Segment der Lendenwirbelsäule hängt zusammen mit der Muskulatur des Beckenbodens, zusätzlich mit den Glutaeen, den Adduktoren und des Piriformis. Die gesamte Wirkungskette der Sexualorgane, dessen Meridian auch Kreislauf-Sexus oder Perikard genannt wird, verläuft von außerhalb der Brustwarze, biegt sich außen um die Achsel herum, an der Innenseite des Arms vorbei über die Mitte der Handfläche und endet am Mittelfinger. Das Hormon- und Immunsystem betreffend, stehen die Sexualorgane in unmittelbarem Zusammenhang mit Menstruationsbeschwerden oder Impotenz.

Unsere Schilddrüse (und Nebenschilddrüse) wird von C7 und S1/S2 innerviert. Diese Segmente der Halswirbelsäule und des Kreuzbeins stehen im Zusammenhang mit den Außenrotatoren in der Schulter sowie der Unterschenkelmuskulatur. Die gesamte Wirkungskette der Schilddrüse, dessen Meridian auch Dreifach-Erwärmer genannt wird, verläuft vom äußeren Nagelfalzwinkel des Ringfingers über die Außenseite des Armes entlang über den Ellbogen bis hinter das Ohr, um das Ohr herum bis nach außen an der Augenbraue. Das Hormon- und Immunsystem betreffend, steht der Dreifach-Erwärmer in unmittelbarem Zusammenhang mit Schleimbeutelentzündungen, Schilddrüsen-Thematiken und allgemeinen Arterien und Venenerkrankungen.

Wirkungskette Galle und Leber.

Unsere Galle wird innerviert von Th4. Dieses Segment der Wirbelsäule steht im Zusammenhang mit einem kleinen quadratischen Muskel hinter der Kniekehle, dem Popliteus und mit den vorderen Schultermuskeln. Die gesamte Wirkungskette der Galle verläuft vom äußeren Augenwinkel am Ohr entlang und zurück zur Schläfe, dann über Hinterkopf und Nacken zur Schultermitte, den seitlichen Brustkorb entlang quer über die Mitte des Bauches zum Beckenkamm und von dort über die Außenseite des Beines zum vierten Zeh. Das Hormon- und Immunsystem betreffend, steht die Galle in unmittelbarem Zusammenhang mit Migräne und Schläfenschmerz, Augenthematiken, vergrößerter Schilddrüse, trockener Haut, und einem bitteren Geschmack im Mund.

Wussten Sie, dass unsere Organe Uhrzeiten haben, zu denen sie aktiver sind als die anderen? Nun erfahren Sie es und noch etwas sehr Privates über mich dazu. Meine Geburtszeit und das dazugehörige Phänomen, wie ich es nenne: Ich bin 1976 in einer eisig kalten Aprilnacht auf die Welt gekommen und zwar um 02:45 Uhr. Meine Uhrzeit war also die Leber-Zeit. Und wenn ich mir die körperlichen Zusammenhänge mit der Leber anschaue, dann gestehe ich: Ich erröte in mir unnötig erscheinenden Situationen ganz plötzlich im Gesicht, kann folglich weder unbemerkt lügen noch mich heimlich schämen. Wut kann ich schon gar nicht verstecken. Ich leide des Öfteren an einem trockenen Hals, hatte in der Schulzeit sogar nach anstrengenden Phasen zeitweise gar keine Stimme mehr und neige zu Beklemmungsgefühlen im Brustkorb. Es passt also prima. Zudem bin ich selbst nachtaktiv und ich mag die Zeit nach Mitternacht sehr gerne.

Wann sind Sie geboren? Sie können Ihre Geburtszeit mit dem Organ und seiner Wirkungskette vergleichen.

Vielleicht finden Sie ähnliche Zusammenhänge wie ich. Hier kommt die gesamte Tabelle:

Gallenblase – Zeit höchster Energie: 23h-1h

Leber – Zeit höchster Energie: 1h-3h

Lunge – Zeit höchster Energie: 3h-5h

Dickdarm – Zeit höchster Energie: 5h-7h

Magen – Zeit höchster Energie: 7h-9h

Milz – Zeit höchster Energie: 9h-11h

Herz – Zeit höchster Energie: 11h-13h

Dünndarm – Zeit höchster Energie: 13h-15h

Blase – Zeit höchster Energie: 15h-17h

Niere – Zeit höchster Energie: 17h-19

Perikard – Zeit höchster Energie: 19h-21h

Dreifacherwärmer – Zeit höchster Energie: 21h-23h

Unsere Leber wird von Th8 innerviert. Dieses Segment der Wirbelsäule steht im Zusammenhang mit dem Brustmuskel und dem Muskel, der auf der Rückseite wirkt und die Schulterblätter zur Wirbelsäule zieht. Die gesamte Wirkungskette der Leber verläuft von der großen Zehe an der Außenkante, über den Fußrücken die Innenseite des Beines entlang, weiter über die Leiste und hoch bis zur Mitte der Rippen. Das Hormon- und Immunsystem betreffend, steht die Leber in unmittelbarem Zusammenhang mit trockenem Hals, Gesichtsröte, geringer Oberkörper-beweglichkeit, erhöhter Körperspannung und einem engen Gefühl in der Brust.

Wirkungskette Lunge und Dickdarm

Unsere Lunge wird innerviert von Th3. Dieses Segment der Wirbelsäule steht im Zusammenhang mit unseren den Arm nach vorne und die Schultern nach hinten oben bewegenden Muskeln. Die gesamte Wirkungskette der Lunge verläuft vom Solarplexus, dem sogenannten Sonnengeflecht, durch das Innere des Körpersystems über die vordere Schulter, am äußeren Arm hinab und über
Bizeps und Handgelenk bis zum Daumen. Das Hormon- und Immunsystem betreffend, steht die Lunge in unmittelbarem Zusammenhang mit allen Atemwegsthematiken, dem Gleichgewicht der Stimmbänder, der Durchblutung im Allgemeinen, schwitzenden Händen, Rückenschmerzen und häufigem Harndrang.

Die Fünf-Elemente-Lehre - Lernen einer Fremdsprache

Wie wäre es, wenn wir nun fünf Worte der chinesischen Sprache lernten? Also nicht ihre chinesische Schreibweise, das wäre auch mir zu kompliziert. Sondern ihre lateinische Schreibweise. Das Thema der Wirkungsketten von Organen ist schwierig genug.

Machen Sie einfach mit.

Die Uhrzeiten der höchsten Aktivität einzelner Organe und auch die fünf dazugehörigen Elemente aus der taoistischen Theorie, passen meines Erachtens nach gut zueinander. Die chinesischen Philosophen führen die fünf dynamischen Elemente – Holz, Metall, Erde, Feuer und Wasser – auf die Umwelt und die Naturgesetze zurück. Die Grundelemente werden als Wandlungsphasen oder Aktionsqualitäten beschrieben. Die Interaktion dieser Elemente bewirkt einen

Prozessablauf. Sie stellt einen Kreislauf dar, den Zyklus des Menschen, der Natur im Gesamten oder der Gesellschaft. Inzwischen wird die Fünf-Elemente-Lehre in Persönlichkeitsprofilen, in Veränderungsprozessen von Unternehmen sowie in der Politik und Wirtschaft angewandt.

Die fünf Elemente sind folgende:

Holz, Chinesisch: „mù", symbolisiert den Beginn des Kreislaufs und wird gleichgesetzt mit Gallenblase und Leber, die um Mitternacht den Tag beginnen. Holz steht im Daoismus für Aufbruch, Erweiterung, Ursprung und die Entwicklung eines Handlungsimpulses.

Metall, „huǒ", folgt Holz mit Bezug zu Lunge und Dickdarm. Es hat laut chinesischer Lehre die Bedeutung der Ausgestaltung des zuvor entwickelten Handlungsimpulses und steht für Dynamik und Aktion.

Erde, „tǔ", gehört zu Magen, Milz und Pankreas. Hier wird der Handlungsimpuls in ein sinnvolles Verhaltensmuster umgewandelt. Veränderung und Fruchtbildung sind die Aspekte des Elements Erde.

Feuer, „jīn", ist Herz und Dünndarm. Hier ist die Frucht reif, die Aktion mitten in ihrer Ausführung. Feuer steht für Reife, Kontraktion und Ablösung.

Wasser, „shuǐ", findet mit Blase und Niere am Ende des Tages statt, wie es auch am Ende einer Entwicklung zu Reflektion und Ruhe kommt. Wasser bedeutet Betrachtung und Lageerfassung.

Perikard und Dreifacherwärmer bekommen nun, für die Nacht, erneut den Herzaspekt, der wie beschrieben die Bedeutung Reife, Kontraktion und Ablösung hat. Hier entsteht das „So-Sein". Wenn wir schlafen, regenerieren wir. Wenn wir gestorben sind, bereiten wir uns auf das Neue vor. Wir sind im Element Feuer, wer wir sind.

Die Fünf-Elemente Theorie ist tief verankert in der chinesischen Philosophie. In allen großen chinesischen Lehren wie Feng-Shui, Qigong oder Shiatsu spielen Holz, Metall, Erde, Feuer und Wasser eine bedeutende Rolle. Von der traditionellen chinesischen Medizin ausgehend, wird die Lehre sogar in die neuere westliche Medizin übertragen.

Und? Haben Sie sich eine Vokabel merken können?

Unser Dickdarm wird von Th12 und L2 und L3 inneriert. Diese Segmente der Wirbelsäule stehen im Zusammenhang mit dem quadratischen Muskel in der Lende, dem Quadratus lumborum, dem äußerst empfindlichen Sehnen- und Muskel-Geflecht an der Außenseite vom Oberschenkel, dem Tractus iliiotibialis und dem großen Po-Muskel, dem Gluteus maximus. Die gesamte Wirkungskette des Dickdarms verläuft vom Zeigefinger über die Rückseite des Unterarms und die äußere Schulter, die Halswirbelsäule zurück zur Schulter und von da aus wieder hinauf über Wange, Oberlippe bis hin zur Nase. Das Hormon- und Immunsystem betreffend, steht der Dickdarm in unmittelbarem Zusammenhang mit Durchfall, verstopfter Nase, Hautproblemen, Nahrungsmittelunverträglichkeiten, Blähungen und dumpfen Rückenschmerzen.

Unsere Organe funktionieren wie Bindeglieder. Sie halten einerseits den Kreislauf des Überlebens am Laufen und verbinden gleichzeitig alles andere im Körper miteinander. Die Kettenreaktionen, die sich ergeben und sinnstiftend im gesamten Körpersystem aktiv sind, sind vergleichbar mit eben den Untersuchungen, die wir in der Erforschung unserer Sprache anstellen, in der Linguistik. In der Linguistik geht es um Kommunikation und ihre Anwendung im zwischenmenschlichen Miteinander, um unsere Wahrnehmung, die Weiterentwicklung, das Lernen und Anwenden der Sprache.

Kein Wunder, dass wir uns Redewendungen für Organe ausgedacht haben, denn um sich Wirkungsketten und diese Zusammenhänge wirklich merken zu können, sind solche „Eselsbrücken" fast schon notwendig. Wie meine Eselsbrücke, die ich mir während der Ausbildung für die Handwurzelknochen aneignete. „Ein Schiffchen fuhr im Mondschein dreimal um das Erbsenbein. Vieleck groß, Vieleck klein, der Kopf der muss am Haken sein." (□ os scaphoideum = Kahnbein, os lunatum = Mondbein, os triquetrum = Dreiecksbein, os pisiforme = Erbsenbein, os trapezium = großes Vieleckbein, os trapezoideum = kleines Vieleckbein, os capitatum = Kopfbein, os hamatum = Hakenbein).

AUS WORTEN WERDEN SÄTZE – UNSER FASZIENSYSTEM

Ich war zehn Jahre alt, als ich mir bei einem Kunstturnwettkampf den Arm brach. Am Schwebebalken schlug mein Ellbogen unglücklich an der Kante des Balkens an. Der Schmerz trieb mir Tränen in die Augen, aber da der Turnanzug eng am Arm anlag und keine äußere Wunde vorhanden war, bemerkten die Trainer zunächst nichts. Sie dachten, ich weinte wegen der 0,5 Punkte Abzug ob des Sturzes vom Gerät. Ich selbst war sehr fokussiert, da es ein Bezirksturnier war und ich bis dato nie über den Kreiswettkampf hinausgekommen war. Ich sah diese Veranstaltung als meine große Chance, mich zeigen zu können. Der Arm war in diesem Moment schon gebrochen, wie ich im Nachhinein hörte. Die nächste Disziplin war Reck. Aufschwung, Felgumschwung, dann noch ein Schwung in den Grätschsitz und der anspruchsvolle Abgang. All das schaffte mein Körpersystem auf wundersame Weise mit einem kaputten Knochen im Ellbogen. Dass ich diese Tatsache meinem Fasziensystem zu verdanken hatte, war mir zu der Zeit noch nicht klar. Aber genau das ist es, was ein funktionierendes System ausmacht. Fällt ein Teil krankheitsbedingt aus, übernehmen die anderen kurzfristig seine Funktionen. Der Schmerz allerdings war während der gesamten Zeit unerträglich. Als ich in der nächsten Pause den Anzug auszog um nachzuschauen, war der Arm blau und dick und ich durfte mich nicht mehr am Handstandüberschlag am Pferd, meiner Paradedisziplin, beweisen. Stattdessen fuhren wir ins Krankenhaus.

Die Aufmerksamkeit, die unser Skelett, die Muskeln und Organe von uns bekommen, war dem Fasziensystem sehr lange nicht vergönnt. Bis vor etwa fünfzehn Jahren wurden Faszien noch in medizinischen Präparaten wie ein Abfallprodukt behandelt, das man entfernen musste, um sich die wichtige Muskulatur, Gelenke oder Organe genauer anschauen zu können. Und können wir uns ein in Faszien ummanteltes Etwas in einem Horrorfilm vorstellen? Oder gehen wir mit der Intention in ein Faszientraining, schöner aussehen zu wollen? Benutzen wir den Begriff der Faszien in Redewendungen? Wohl kaum. Von Faszien gehen weder ein Horrorfaktor, noch die Idee des Schönheitsideals, geschweige denn eine Bedeutsamkeit für bildhafte Sprache aus. Die Wichtigkeit für unser gesamtes System allerdings, die ich selbst bei dem vorher erwähnten Wettkampf erleben durfte, können wir ihnen heute nicht mehr absprechen.

Das Fasziensystem hat folglich mehrere Bedeutungen für unser Bewegungssystem. Einerseits gehört es zum passiven Bewegungsapparat, zusammen mit Knochen und Bändern. Denn die Faszien haben eine Funktion als Halte- und Bindungsorgan, da sie über einen hohen Anteil von Kollagen, dem wichtigsten Bestandteil der Erhaltung der Statik im Körper, verfügen. Andererseits gehört das System zum aktiven Bewegungsapparat, zusammen mit Muskeln und Sehnen. Die wichtige Rolle der Faszien liegt hierbei in ihrer Funktion, den Wasserhaushalt, die Stoffaufnahme und -abgabe, die Informationsverarbeitung sowie die Flexibilität in der Bewegung zu gewährleisten.

Die Faszien bestehen zu einem großen Teil aus Kollagenen, feste Fasern, die in Bündeln vorkommen und allen Wirbeltieren, also auch uns Menschen, ihre Form geben. Diese Fasern werden auch *Strukturproteine* genannt und finden sich überall dort, wo Stabilität wichtig ist. Kollagene Fasern sind sehr zugfest und verfügen über eine hohe mechanische Widerstandskraft, das bedeutet, dass sie nicht sehr dehnbar sind. Es gibt verschiedene

Klassifizierungen von Kollagenen, je nach ihrem molekularen Aufbau. In unserem Körpersystem finden sich hauptsächlich vier Typen. Typ I kommt gerne in Sehnen, Bändern und in den inneren Organbeuteln vor, Knorpel besteht aus Typ II und Blutgefäße und Haare werden von Typ III gebildet. Kollagen Typ IV unterscheidet sich von den anderen, weil es in sich verflochten vorkommt und alles umgibt und hält. Diese Kollagenfasern befinden sich in der allesumgebenden festen Basalmembran. Das ist die Haut zwischen Haut und Gewebe, zwischen Zelle und Zelle oder zwischen Organ und Muskel.

Der zweite wichtige Bestandteil von Faszien ist ein Protein namens Elastin. Es ist, wie es sein Name sagt, elastisch. Es lässt sich bis zum 1,5-fachen seiner ursprünglichen Länge dehnen und seine Fähigkeit, sich direkt nach einem Dehnungsreiz zurück in seine Ursprungsform zu begeben, ist enorm. Das ist möglich durch einen genial durchdachten Aufbau aus quer vernetzten elastischen kleinsten Zellfäden, den Mikrofibrillen, und Molekülen kombiniert mit mechanischen Sinneszellen, sogenannten Mechanorezeptoren und Sinnesnervenendungen, die jede Druck- und Zugeinwirkung auf die Faszie an unser System weiterleiten, das wiederum auf die Reize reagiert.

Faszien bestehen immer aus Kollagen, Elastin, Mechanorezeptoren und sympathischen Nervenendungen. Je nachdem, welche Funktion sie zu erfüllen haben, ist ihre Mischung unterschiedlich. Man nennt dieses Gemisch aus Bindegewebszellen, Nervenzellen, Wasser, Molekülen und verschiedenen Nährstoffen die Matrix.

Faszien besitzen folglich nicht nur die ihnen früher als einzige zugedachte Funktion der Trennung der Muskeln. Sie sind eher unabkömmlich in unserem Körpersystem, sind bei jeder denkbaren Bewegung beteiligt. Sie bilden schützende

Gelenkkapseln, halten die Rückenmuskulatur stabil und sorgen für eine stets gespannte Körperstruktur. Als unsere Matrix formen sie unseren Körper zu dem, der er ist, passen ihn an jede dauerhafte Belastung an, sind veränderbar und somit maßgeblich an unserem Erscheinungsbild beteiligt. Faszien verfügen über die Fähigkeit, diese Gestalt, die sie formen – rein hypothetisch – auch ohne Knochen, Organe und Muskeln beizubehalten, so stabil sind sie. Sie umhüllen jeden Muskel, jeden Knochen, jedes Organ und auch die Nerven. Sie sind ganzheitlich im wahrsten Sinne des Wortes, haben im Körper keinen Anfang und kein Ende und sind ein Geflecht von sich überlagernden, fließend ineinandergreifenden Fasern.

Aus Worten werden Sätze, aus Sätzen werden Geschichten. Aus einzelnen Bestandteilen des Körpers wird ein wunderbar fließendes Bewegungssystem, wird Körpersprache.

Unsere Faszien haben einen bemerkenswerten Einfluss auf die Kraftgewinnung. Sie erzeugen durch ihre Dehnspannung Kräfte und leiten diese im Körper weiter. Dabei gilt: Je elastischer die Faszien im Körper sind, umso mehr Kräfte werden erzeugt und übertragen und umso mehr Energie wird im Körpersystem gespeichert. Außerdem bewirken Faszien die Ableitung der Lymphflüssigkeit und jede Bewegung unterstützt den Transport von Abbauprodukten aus unseren Zellen heraus sowie die Versorgung von wichtigen Aufbaustoffen hin zu den Zellen. Es sind weder Auge, Ohr noch Haut, sondern Faszien, die unser System mit den meisten Sinnesinformationen versorgen. In Faszien befindet sich die größte Anzahl an Rezeptoren und Nervenendungen des gesamten Körpersystems. Deswegen bezeichnen wir Faszien als propriozeptives, also in der Tiefe wahrnehmendes Sinnesorgan. Sie sorgen für ein fließendes, geschmeidiges und elegantes Bewegungsbild und sind zu großen Teilen daran beteiligt, dass wir uns und unseren

Körper in der Tiefe wahrnehmen können und uns in ihm wohlfühlen. Ihre Nervenendungen wirken direkt auf unser vegetatives Nervensystem, sie werden nicht zentral gesteuert und überwachen folglich autonom und fortwährend die Spannungszustände im Körper. Dadurch existiert eine besondere Form des Spürens in unseren Faszien, denn ihre Spannung, der Tonus, wird vom autonomen Nervensystem insofern beeinflusst, dass eine innere Gelassenheit unsere Körperspannung in den Faszien senkt und Stress dagegen ihre Grundspannung erhöht. Und es findet eine Wechselwirkung statt. Das bedeutet, dass der Spannungszustand der Faszien sogar unsere Psyche beeinflusst. Sind wir also körperlich gut trainiert, fühlen wir uns auch zufriedener. Und das ist nicht allein zurückzuführen auf unser sportlich aussehendes Äußeres.

Ich mache mir an dieser Stelle keine Sorgen mehr um den Ruhm der Faszien, dieser besonderen Bestandteile unseres Körpers, denn man findet faszienartige Strukturen inzwischen in einigen Teilen unserer Welt wieder, vor allem in der Architektur werden sie als Vorbild genutzt. Zum Beispiel ist die Kurilpa Bridge in Brisbane, Australien, nach ihrem Vorbild in ihrem Zusammenspiel mit Muskeln und Knochen gebaut worden.

VON DER KÖRPER-SPRACHE ZUR KÖRPER-KOMMUNIKATION

Wie gut kennen wir uns selbst? Wie gut kennen wir unser Leben, unsere Bedürfnisse und wie gut unseren eigenen Körper? Die folgende Übung hat mich selbst überrascht, als ich sie machte. Ich wiederhole sie von Zeit zu Zeit und jedes Mal bringt sie neue Erkenntnisse zum Vorschein. In manchen Phasen erkenne ich plötzlich, dass ich einen enormen Bedarf habe, mich für eine Weile von der Welt abzumelden, dann gehe ich zwei Tage in die Berge und meditiere. Zu anderen Zeiten bemerke ich, dass ich Sehnsucht nach meiner Familie habe und plane einen Besuch bei meinen Eltern. Ich bin gespannt, was diese Übung mit Ihnen macht.

Mal-Übung „Ich"

Fühlen Sie einmal in sich hinein und denken über sich nach. Schauen Sie sich selbst genauer an, seien Sie achtsam mit sich. Und überlegen Sie: „Wer bin ich eigentlich? Und was mache ich so mit, Tag für Tag?" Und damit ist nicht gemeint, wie Sie aussehen, sondern, wer Sie sind. Was spüren, machen und erleben Sie im Alltag. Also: „Wie oft renne ich gestresst zum Einkaufen, zum Meeting oder woanders hin? Wie gestalte ich meine Freizeit? Wie schlinge ich mein Mittagessen herunter oder habe ich genügend Zeit zum Essen? Wie viel Schlaf bekomme ich? Wie sieht mein Familienleben aus? Wie sehr gefällt mir meine Arbeit? Was denke ich über meine Kollegen, Freunde und Verwandten? Welche Interessen habe ich neben Beruf und Familie? Wie gehe ich mit meinem Umfeld um? Und wie mein Umfeld mit mir?"

Dann stellen Sie alles, was Ihnen dabei einfällt, auf einem Blatt Papier dar. Sie dürfen sich malen oder etwas aufschreiben, alle Farben benutzen. Genießen Sie die Momente des Erkennens.

WIE UNSER KÖRPER UNS SEIN UNWOHLSEIN KUNDTUT

Ich möchte die Geschichte meines im Turnwettkampf gebrochenen linken Arms erneut aufgreifen. Der Arzt gipste ihn nach der Operation in einer rechtwinkligen Beugestellung ein und ich war somit zweieinhalb Wochen ohne Bewegung in diesem Bereich. Als ich endlich vom Gips befreit wurde und mein von Klassenkameraden bemaltes stinkendes Etwas wie eine Trophäe auf meinem Schreibtisch drapierte, war mein Arm wie festbetoniert in der Neunzig-Grad-Stellung. Deshalb musste ich zur Krankengymnastik gehen. Meine Therapeutin versuchte, den Ellenbogen so gut sie konnte zu beugen und zu strecken, fügte mir dabei unerträgliche Schmerzen zu und bewirkte so gut wie gar nichts. Ein halbes Jahr später wollte sich der Arm noch immer nicht bewegen lassen. Ich gewöhnte mich an zweimal zwanzig Minuten Höllenqualen pro Woche. Und im August fuhren wir, der Arm noch immer unbeweglich und starr, in den Urlaub an die Nordsee. Ich ging mit meinen Geschwistern ins Meer und sobald ich im Wasser war, bemerkte ich das Phänomenale. Der Arm war wieder beweglich in alle Richtungen.

Unser Bewegungssystem ist für seine optimale Funktionsweise sowohl auf eine ausreichende Aktivität als auch auf adäquate Erholung angewiesen. Gleichsam auf ein balanciertes mentales sowie ausgeglichenes emotionales System. Wenn das Gleichgewicht zwischen Be- und Entlastung oder Eu- (positivem) und Dis- (negativem) Stress nicht gegeben ist, kann es zu Folgen kommen, die uns in unserem gesamten Wohlbefinden einschränken und unsere gesunde Weiterentwicklung stören können. Tatsächlich hörte ich von bildgebenden Verfahren, in denen testweise Sehnen und Bänder von 18-Jährigen mit denselben von 80-Jährigen verglichen wurden und im Ergebnis die *alten*

Strukturen noch im selben Maße aussehen und funktionieren können, wie die der jungen Menschen, der Unterschied sei lediglich, dass sie verkleben, sobald sie eine Weile ungenutzt sind. Das spiegelt auch meine Erfahrung wider. Patienten, die bis ins hohe Alter regelmäßig eine Sportart verfolgen, haben eine sehr umfassende Beweglichkeit, hohe Stabilität und ein schnelles Regenerationsvermögen in den sportartspezifisch fortwährend benutzten Körperregionen.

> **„Die Dosis macht das Gift."**
>
> Paracelsus

Zu viel von etwas fördert unsere Gesundheit nicht. Zu viel von nichts ist auf dieselbe Weise schädlich. Inaktivität und Überbelastung stehen dabei in unmittelbarer Wechselwirkung zueinander. Ein Mangel an Bewegung kann dazu führen, dass sich das Fasziengewebe verfilzt, verklebt und verhärtet, dann führt dies zu Schmerzen. Wenn wir nun noch aufgrund dieser Schmerzen eine Schonhaltung einnehmen, uns reaktiv also überbelasten, entsteht ein dauerhafter Stress im Körpersystem. Dieser Stress ist in der Lage, den Körper in seiner Entwicklung, und die Gesundheit, ebenso wie auch unser Wohlbefinden, zu beeinflussen.

Ich beginne mit unserem Alltag, den die meisten von uns sitzend im Büro verbringen oder stehend im Geschäft, vielleicht auch in einem anderen Beruf, einseitig belastet. Insbesondere Menschen, die einer ausschließlich statischen oder stereotypen Tätigkeit nachgehen, werden die Veränderung des Gewebes mit der Zeit zu spüren bekommen. Sichtbar und spürbar in Form von erst akuten und bald chronischen Schmerzen, von eingeschränkter Beweglichkeit und Muskelverhärtungen, später in einer ausgeprägten Anfälligkeit sich Krankheiten anzueignen und einer verlangsamten Heilung von Wunden, auch in Form von Schlappheit und Müdigkeit, Impulsivität oder Depression. Unter Umständen sogar in Form von Rückkoppelung. So entwickeln wir Form, Art und Weise, wie wir von anderen in unserer Bewegung und Ausstrahlung gesehen, bewertet und danach behandelt werden.

An dieser Stelle helfen ein paar Beispiele, die den Mechanismus von *zu viel* Bewegungslosigkeit oder *zu viel* Belastung deutlich machen.

Das Fasziensystem benötigt für einen geschmeidigen Bewegungsablauf die Möglichkeit, immer wieder in seine Normalspannung zurückzufinden. Steht das System unter Stress, kommt es zu Reaktionen unseres Hormonhaushaltes. Die ausgeschütteten Stresshormone wirken sich auf den Tonus der Faszien aus. Das bedeutet, die Spannung in den Faszien wird für den Moment erhöht, wir sind in Alarmbereitschaft und passen uns an die jeweilige Situation an. Ist der Stress nach kurzer Zeit vorbei, normalisiert sich die Spannung in den Faszien wieder. Was aber, wenn der Stress chronisch wird? Dann bleiben unsere Faszien kontinuierlich angespannt. Sie verlieren ihre Flexibilität und verhärten schließlich ganz, die Beweglichkeit bleibt kontinuierlich eingeschränkt und das Gewebe verklebt mehr und mehr. Die Inaktivität kann einen direkten Effekt auf das Lymphsystem haben. Dieses ist stets angewiesen auf eine ausreichende Muskelaktivität. Besteht eine länger anhaltende Faszienverklebung, Muskelverspannung oder Inaktivität des Bewegungsapparats, kann aufgrund der fehlenden Bewegung der Lymphfluss in diesem Bereich deutlich beeinträchtigt werden. Lymphflüssigkeit entfernt Schadstoffe aus den Zellen und bringt benötigte Stoffe hin zu den Zellen, sie transportiert unter anderem sogenannte T-Lymphozyten,

das sind Eiweiße für die Immunabwehr, oder Fibrinogen, ein körpereigener Stoff für die
Blutgerinnung. Sie kommen gelöst im Lymphsystem vor und warten darauf, eingesetzt zu werden. Die T-Lymphozyten dienen dazu, Entzündungen zu bekämpfen und das Fibrinogen kann eine entstandene Blutung stillen. Wenn die Muskelpumpe den Mechanismus in Bewegung hält, entstehen für gewöhnlich keine Probleme, denn die Bestandteile schwirren frei im Lymphsystem umher. Im gesetzten Fall einer Inaktivität durch die Verspannung allerdings, passiert es nun, dass die T-Lymphozyten nicht bei der Stelle der Infektion oder Entzündung ankommen, die zu bekämpfen ist und wir deshalb länger als üblich krank sind und an den Folgen der Entzündung leiden. Oder, dass sich das Fibrinogen staut und ansammelt und auf andere Substanzen trifft, denen es für gewöhnlich nur an äußeren Wunden begegnet. Sie können es zu Fibrin umbauen, zum Klebstoff unseres Körpers, der für eine frische Wunde, nicht aber für die Lymphflüssigkeit von Nutzen ist. Das entstandene Fibrin verklebt das umliegende Gewebe, verkennt also seinen Einsatz.

Die Folge von all dem ist: Das betroffene Gewebe verliert seine Zugkraft und Flexibilität und die Nerven, die diesen Bereich entlang verlaufen, können dadurch verletzt werden, was zu undefinierbaren Schmerzen führen kann. Hält sich die Spannung – bewusst oder unbewusst – dauerhaft, entsteht chronischer Stress. Die Reaktion unseres Nervensystems auf diesen anhaltenden Stress führt zu Veränderungen im Immunsystem. Dadurch werden wir anfällig für Krankheiten, leiden infolge dessen unter Umständen an Antriebslosigkeit und Unwohlsein.

Diese Wirkungsmechanismen der Folgen auf Inaktivität oder Überbelastung verdeutlichen die Wichtigkeit eines ausgeglichenen Bewegungsverhaltens, das wir für uns selbst herausfinden und anstreben sollten.

Ich persönlich versuche jeden Tag jedes Gelenk mindestens einmal bis zu seinem Endpunkt in alle Richtungen durchzubewegen. Ich vermeide stereotype Bewegungen, indem ich mir die Schuhe täglich auf eine andere Weise an- und ausziehe, meine Jogging-Strecke in einen Parcours umwandle und auch mal über Fahrradständer oder Bänke springe sowie das Gartentor nicht aufschließe, sondern darüber klettere. Zum Amüsement meiner Beobachter steige ich von Zeit zu Zeit über den Rücksitz des Autos auf den Fahrersitz. Auch Klettergerüste auf Spielplätzen sind vor mir nicht sicher. Alles nur, um von Zeit zu Zeit mal andere, vernachlässigte Strukturen zu benutzen. Zudem versuche ich, mich nicht nur an einer einzigen Sportart oder einem einzelnen Hobby festzubeißen, stattdessen variiere ich auch hier meinen Spielraum. Und wenn mein Körper an manchen Tagen keine Lust auf Bewegung hat, dann lasse ich ihn gewähren. Ich höre ihm zu und versuche, zu bemerken, wenn er mir zuruft, dass er sich unwohl fühlt.

Einige Zeit nach der Geschichte von Peter, der mir eine Postkarte aus Helsinki schickte, verletzte ich mich bei einem dummen Sturz von der Wand in der Boulder-Halle. Ich verletzte mir das Außenband am Knie. Es war angerissen und sehr schmerzhaft. Zu dieser Zeit übte ich gerade für einen besonderen Lauf und wollte das Training nicht unterbrechen. Deshalb ging ich am nächsten Morgen sofort wieder joggen. Ich schaffte fünfzehn Minuten, bis mein Körpersystem streikte. Ich ließ die Warnzeichen zu und den Körper gewähren. Am nächsten Tag verhielt ich mich ruhig. Einen Tag später waren schon zwanzig Minuten schmerzfreies Joggen möglich und eine Woche später trainierte ich – mit unbedeutenden Erinnerungs-Schmerzen – schon wieder voll. Das ist nun schon zwei Jahre her, ich verspüre längst keine Probleme mehr in diesem Bereich und weiß also, wovon ich spreche, wenn ich statt Schonung Bewegung empfehle.

An dieser Stelle kann ich Ihnen keine Empfehlungen für sich selbst geben oder Vorschriften machen, außer Ihnen den Gedanken mitzugeben, in sich und Ihr eigenes System hineinzuhören. Sie finden selbst heraus, welches Maß an Belastung und Entspannung sich – von Tag zu Tag neu – gut und richtig anfühlt. Im Übrigen mache ich selbst noch heute längst nicht alles richtig. Ich würde sagen, dass ich meinem Körper manchmal zu viel aufbürde. Die Konsequenzen, die sich daraus ergeben, lassen mich jedoch aufhorchen und demütig einen Schritt zurücktreten. Es ist ein fortwährender Prozess, kein fester Zustand.

BEWEGUNG ERZÄHLT UNS GESCHICHTEN

Bewegung ist allgegenwärtig. Jeder von uns achtet fortwährend, meist unbewusst auf die Körpersprache seines Gegenübers. In der Interpretation dessen, was wir sehen, gehen wir wie selbstverständlich von uns selbst aus, unsere eigene Wahrnehmung der Welt gibt der Bewegung des anderen die Bedeutung, die wir auf sie projizieren. Nehmen wir also an, jemand steht uns gegenüber und lächelt. Sind wir gerade in diesem Moment sehr ärgerlich, könnten wir aus unserer Projektion heraus vermuten, dass die Person uns höhnisch anlächelt oder sogar auslacht. Haben wir gerade einen positiven Gedanken im Kopf, nehmen wir an, die Person uns gegenüber lächelt, weil sie uns mag.

Wenn wir reagieren, reagieren wir somit auf etwas, was wir unter Umständen nicht so verstanden haben, wie es gemeint war. Und auch wir setzen in unserem folgenden Handeln automatisch Bewegung mit ein. Wenn wir ängstlich sind über das Verhalten eines anderen oder entzückt, wenn wir ein unangenehmes Gefühl haben in der Interaktion mit unserem Gegenüber oder eine besondere Verbundenheit spüren. Oft können wir nicht beschreiben, was uns zu diesem Gefühl führt. Vielleicht ist es die Ausstrahlung oder die körperliche Anwesenheit des anderen.

Genau das ist für mich das Spannende an Bewegung und ihrer Analyse. Für mich ist es Magie, Bewegungsmuster zu beobachten und mir meinen Teil dazu denken zu dürfen. Sicher ist das nie ganz objektiv, denn ich messe dem Bewegungsablauf immer eine eigens interpretierte Bedeutung bei, egal wie viele Perspektiven ich nutze. Bewegung kommt nie allein vor, sondern stets in

Kombination mit anderen Informationen, die ich zur selben Zeit von meinem Gegenüber erhalte. Alle Informationen zusammen, Gestik, Mimik, Körperhaltung, Bewegungsabläufe, Sprache, Stimmfarbe, andere Geräusche, vegetative Reaktionen wie feuchte Hände oder Schweiß auf der Stirn, all das ergibt ein großes Ganzes. Da ich das Leben gerne mit einem Kaleidoskop vergleiche, versuche ich, alle Kriterien, die ich mir zu eigen gemacht habe, sinnvoll einzusetzen, um die Menschen um mich herum zu erkennen ohne sie dabei einzuordnen, ohne sie zu bewerten und ohne sie in Schubladen zu stecken. Das geht in dem Moment, in dem ich mir meiner mehrdimensionalen kaleidoskopischen Schubladen-Landschaft bewusstwerde, in dem ich mir bewusstmache, dass die Situation, in der ich die Bewegung, das Verhalten, das Aussehen und die Aussagen meines Gegenübers bewerte, in diesem Moment auch schon wieder vergangen ist und eine neue folgt.

In der Beobachtung versuche ich stets, möglichst vielen Dingen im selben Moment Beachtung zu schenken. Hierbei sind meine Vorsicht, meine Feinfühligkeit und meine Diskretion gefragt. Denn stellen Sie sich vor, sie wüssten, dass ich Sie gerade jetzt beobachte. Dann könnte ich mein Kaleidoskop einpacken, Ihr Verhalten wäre aufgesetzt anstatt authentisch, alles Unterbewusste würde sich unter dem Deckmantel Ihres Bewusstseins verstecken und ich bräuchte Sie einfach nur danach fragen, wie Sie von mir wahrgenommen werden möchten.

Wie gehe ich also bei meinen Behandlungen vor? Zuallererst beginne ich mit dem gesamten Umfeld und dem Kontext der Situation und mache mir ein genaues Bild davon. Die Person mir gegenüber verhält sich sicher in einer therapeutischen Situation anders als wäre sie beim Kaffeetrinken mit Freunden oder beim Tennismatch gegen den Angstgegner. Um sieben Uhr morgens hat sie den Stress des Alltags noch nicht hinter sich und sie ist unter Umständen mit einer ganz anderen Energie unterwegs, wenn statt Montag Samstag ist. Und bei Regen kommt sie durchnässt und außer Atem an, wohingegen sie an einem Sonnentag entspannt dahinschlendert. Hinzu kommen hormonelle Unterschiede während des ganzen Tages. Kontext zu erfassen ist also eine Notwendigkeit in der Analyse von Gestik, Mimik, Körperhaltung und Bewegung. Nach Erfassung der Situation, in der die Bewegungsanalyse stattfindet, kann ich mich auf den Menschen selbst einstellen.

Es gibt sogenannte *universelle,* kulturell bedingte Bewegungsmuster, die von Region zu Region verschieden sind. Die Komfortzone zum Beispiel ist von Land zu Land unterschiedlich und Berührung oder einfach nur eine gewisse Nähe sorgen bei einigen Menschen schneller zu einer Abwehrhaltung als bei anderen. Die gebückte Haltung als Zeichen von Demut, Scham oder Unterwürfigkeit wird oft fehlinterpretiert als Traurigkeit. Menschen aus Kulturen, in denen Tanz ein wichtiger Bestandteil ihres Sozialverhaltens ist, wirken für uns befremdlich, hyperaktiv oder unkonzentriert.

Körperhaltungen passen sich Berufen und auch Positionen an, so steht ein Polizist anders vor uns als eine Kindergärtnerin. Und auch unsere Herkunft hat einen erheblichen Einfluss auf unsere Körperhaltung. Hatten wir ein Pferd, auf dem wir ständig reiten konnten, einen Elternteil, der regelmäßig grob zu uns war, eine Ballett-Ausbildung als Kind oder lebten wir auf einem Bauernhof, auf dem wir von klein auf mithelfen mussten? All das prägt uns und unser motorisches System.

Ein Freund erzählte mir einmal, dass er nach langer Zeit wieder in seinem Elternhaus zu Besuch war und dort bemerkte, wie sich seine Körperhaltung änderte, sobald er bestimmte Räume betrat oder gewisse Erinnerungen an die Kindheit hatte.

Neben kulturell bedingten Bewegungsmustern hat auch jeder Mensch sein gewöhnliches motorisches Verhalten. Ist die von mir beobachtete Person also jemand, den ich schon länger kenne, macht es die Beurteilung leichter, denn ich weiß um ihre Bewegungsabläufe in Entspannung und Anspannung. So kann ich leicht feststellen, wann das Verhalten, die Körperhaltung und das Muster der Bewegung plötzlich vom Bekannten abweichen. Verschiedene gedankliche, emotionale oder körperliche Zustände führen zu nie dagewesenen spontanen Bewegungsmustern und Mechanismen im gesamten System.

Im Falle eines fremden Menschen ist es folglich eine Herausforderung, zwischen universellem, gewöhnlichem und untypischem Bewegungsverhalten abzuwägen. Neben dem Kontext der Situation also auch den individuellen Kontext der Person möglichst fein zu erkennen, ist eine weitere von vielen Herausforderungen, die in einem einzigen Moment stattfinden. Mein Kopf gleicht in diesen Momenten einem unaufgeräumten multidimensionalen Schreibtisch mit Hunderttausenden von offenen Schubläden, aus denen bunte Wollreste, Stifte, Fetzen von Papier, Körperteile, eigene Glaubenssätze und Muster, Bilder von selbst erlebten Situationen, Kunstwerke meines Sohnes, eigene Gefühle, Haarspangen und Druckerpatronen herausragen. Alle wollen ihren Teil zu meinem Urteil beitragen, das nur die Momentaufnahme dessen ist, was ich im nächsten Moment schon wieder neu bewerten darf.

Die Geschichten, die uns Bewegung erzählt, sind vergleichbar mit allen Büchern, die bisher geschrieben wurden. Von Sachbüchern bis hin zu Fantasieromanen. Körpersysteme sind so vielschichtig, wie es Wörter in allen Sprachen der Welt gibt.

Um es wieder unkompliziert zu machen, beschreibe ich die Bewegungsanalyse im Folgenden so, wie wir sie im therapeutischen Kontext lernen, besser gesagt, wie ich sie vor mehr als fünfzehn Jahren beigebracht bekommen habe. Das ist der Anfang, die Basis, auf der wir aufbauen, um später all das mit einbeziehen zu können, was die Situation, das typische und das untypische Bewegungsverhalten betrifft. Die Basis ist wichtig, und danach ist die ständige wiederholte Übung am lebenden Objekt in der echten Situation mit der ständigen Bereitschaft, seine Perspektive und auch seine Meinung ändern zu können, wichtig.

Ich kann mich erinnern, anfangs immer nur in einer Schublade gedacht zu haben. Jeder wurde nach Beinlängenunterschied – ja oder nein – eingestuft. Oder nach vermutlicher Schmerzpatient – ja oder nein. Später dann nach depressiv oder fröhlich. Oder Gewinner oder Verlierer. Es ist immer erst dualistisch. Und so lernen wir es wohl. Erst wenn wir erkennen, dass es nicht fair ist, Menschen nach schwarz oder weiß, gut oder schlecht und richtig oder falsch einzuschätzen, dann beginnt unser Schubladensystem zu etwas Großem, Kaleidoskopischem und wirklich Brauchbarem zu werden.

KÖRPER-SPRACHE LERNEN

Die nachfolgende Beschreibung basiert auf der Bewegungsanalyse, wie ich sie im Jahr 2000 gelernt habe. Sollte sie heutzutage auf einem weiterentwickelten Stand sein, freue ich mich durchaus. Ich denke jedenfalls, es ist gut, wie ich die Analyse lernen durfte: Schritt für Schritt, erst jeden einzelnen Teil des Körpers, danach die Zusammenhänge innerhalb des Körpersystems, dann erst die psychosomatischen Verbindungen und ganz am Schluss das Zusammenspiel mit der kleinsten Zelle, um zuletzt das gesamte System der Gesellschaft begreifen zu können.

Es ist genauso, wie wenn wir eine Sprache lernen. Erst benötigen wir die Vokabeln, dann die Grammatik und die Zusammenstellung der Wörter hin zu logischen Sätzen und nachvollziehbaren Geschichten. Dann wenden wir die gelernte Sprache in der Kommunikation an.

Es fand irgendwann im Herbst 2000 statt. In einer fast familiären Situation im Klassenraum. Sehr wertschätzend und dennoch irgendwie ungewöhnlich. Ich stand in Unterwäsche vor dem Rest der Klasse und ärgerte mich, dass ich ausgerechnet heute die mit den Fröschen drauf anhatte, peinlich. Dass bereits dieser Gedanke mein Bewegungsverhalten verändern sollte, war mir in diesem Moment noch nicht bewusst. Meinen Mitschülern wahrscheinlich auch nicht, denn es ging ja um Motorik und alle waren genauso aufgeregt wie ich. Ihr Auftritt vor der Gruppe stand ihnen ja auch noch bevor. Zudem waren alle mit Stift und Zetteln bewaffnet und hatten die Aufgabe, Ergebnisse zu liefern über das, was sie sahen.

Die Gruppe saß um mich herum und mein erster Auftrag war, einfach zu stehen. Von vorne schauten sie mich alle an. Da kamen auch schon die ersten Rufe: „Ich sehe, dass die linke Schulter höher steht als die rechte." Das stimmt, dachte ich leise und versuchte, sie etwas runter zu ziehen. Ein anderer sagte: „Der Kopf steht schief." Dann: „Ihr Standbein ist links, das sieht man deutlich, weil der Fuß fester am Boden zu sein scheint und die Muskulatur im Oberschenkel angespannter ist." Nach einer Weile war ich etwas wirr im Kopf und versuchte, all diese Informationen für mich anzunehmen und etwas daraus zu machen. Ein erster Effekt von Lautäußerungen der anderen über das eigene Körpersystem ist also hiermit bewiesen. Die Eigenwahrnehmung und Selbstreflexion beginnt. Aber weiter in der Situation. Unsere Lehrerin gab mir den Auftrag, mich zu drehen, damit mich die Gruppe von hinten, also dorsal im Stand sehen konnte. Damit sich ihre Beobachtungen von der vorderen ventralen Ansicht bestätigen oder widerlegen ließe. Es klappte hervorragend. Mein Pomuskel links bestätigte die Standbein-These, das Schulterblatt links war eindeutig „anders" und der Kopf schien auch von hinten irgendwie schief zu sein. Wunderbar. Es folgte die Ansicht von seitlich, nämlich lateral, erst mit der Nase zur Tür und dann mit dem Gesicht zum Fenster. „Mist", dachte ich in der Froschunterwäsche, als ich rausschaute, „man kann ja auch von draußen reinsehen."

Was genau betrachten wir also, wenn wir unseren Patienten im Stehen anschauen? Prinzipiell alles, was uns auffällt zu allen Fragen, die wir uns stellen.
Körpertherapeuten schauen von Fuß bis Kopf und von Kopf bis Fuß. Wie steht welches Gelenk auf dem anderen, was fällt mir in der Symmetrie auf? Wo sehe ich eine vergleichbar anormale Anspannung in der Muskulatur? Wie ist das Becken gekippt? Wie ist die Atembewegung? Was machen die Rippen? Wo steht der Körperschwerpunkt? Was macht der Kopf? Hängen die Arme locker oder werden sie getragen? Auch ganzheitlich klingende Fragen werden gestellt und Vermutungen geäußert. Welche Folge hat diese

Haltung auf dieses Gelenk hier? Was passiert mit dem Körperschwerpunkt, wenn sie den Kopf da vorne trägt? Was geschieht als Folge von der flachen Atmung? Und so weiter. In unseren Anfängen dauerte die Analyse allein im Stehen schon knapp fünfzehn Minuten, gefolgt von fünfzehn Minuten des Niederschreibens und erneuten fünfzehn Minuten Gangbildanalyse auch wieder mit nachfolgender Dokumentation.

Im Nachhinein betrachtet war es gut, in Frösche-Unterwäsche vor der Klasse zu stehen. Ich hatte bereits jetzt sehr viel über mich erfahren. Und ich konnte Gehörtes und Niedergeschriebenes gleich noch mehreren Phänomenen meines Lebens zuordnen. Diese Sache mit dem schiefen Kopf kam eventuell durch die Sehschwäche meines linken Auges zustande und damit hing vielleicht sogar die hochgezogene Schulter zusammen.

Meine regelmäßigen Kopfschmerzattacken gingen im Übrigen von genau dieser linken Nackenpartie aus.

In der nun folgenden Ganganalyse sollte ich das im Stand Gesehene noch erweitern können, den anderen diente es dazu, ihre Beobachtungen zu validieren. Die Ganganalyse hat denselben Aufbau, wie das Standbild. Der Unterschied: Der zu Analysierende geht. Ich ging also hin und her. Mal frontal auf die Klasse zu oder von ihr weg und mal von links nach rechts und wieder von rechts nach links. Sie wollten alles sehen und das immer wieder. Manchmal bekam ich den Auftrag schneller zu gehen, mal langsamer und in der Gruppe wurde fleißig gerufen und aufgeschrieben. Mein Gemütszustand interessierte heute niemanden. Es ging akribisch um die Abrollphasen des Fußes, um die Knie- und Hüftbewegung im Gangbild.
Rechts und links wurden immer wieder verglichen. Was machte das Becken im Gang, was passierte mit der Wirbelsäule, mit dem Schultergürtel, dem Kopf und den

Armen? Was machte der Körperschwerpunkt? Ich schaltete ab und ging so dahin. Einem Patienten, so dachte ich für mich, werde ich das nie im Leben antun. Es muss einen schnelleren Weg geben. In diesem Moment beschloss ich, so lange zu üben, bis ich die wichtigsten Details sofort erkennen könnte und so effizient wäre, dass ich den Patienten mit einem gezielten Blick begreifen und zufrieden machen könnte. Dass also durch meinen präzisen Blick und den dann folgenden Handgriff automatisch eins zum anderen führte.

Als ich genug gegangen war, durfte ich mich anziehen und war enttäuscht. Niemand hatte mich dabei beobachtet, wie ich mich wieder in meine Kleider schwang. Wäre das nicht die beste Beobachtung gewesen? Die Analyse der Bewegung in einer „echten" Situation? Meine Gedanken von zuvor wurden klarer. Ja. Ich werde es effizienter gestalten. Wenn ich alles gelernt habe, was von Kopf bis Fuß wichtig ist, dann werde ich mir „echte", spontane Bewegungsmuster vornehmen. Wenn jemand zum Bus rennt, sich Schuhe anzieht oder auf einen Stuhl setzt. Wenn jemand auf einem Rockkonzert tanzt, sein Kind auf den Arm nimmt oder ein Eis schleckt.

Der Tag in Frösche-Unterwäsche war gar nicht so übel. Am nächsten Morgen landete dieses Souvenir allerdings direkt im Hausmüll.

KÖRPER-SPRACHE VERSTEHEN

Vokabeln einer Fremdsprache beherrschen und Texte in einem Schulbuch übersetzen können, reicht oft nicht aus, wenn wir in das entsprechende Land reisen und mit den Einwohnern kommunizieren wollen. Die Gegebenheiten der Realität bringen das Gelernte zuerst einmal aus dem Gleichgewicht und wirklich umgehen mit der neuen Sprache können wir erst, nachdem wir viel wiederholt und geübt haben, Fehler gemacht und daraus gelernt haben.

Direkt nach meiner Ausbildung begann auch schon die Realität in Form von echter beruflicher Herausforderung. Die Bewegungsanalyse betreffend, waren die Bedingungen eher ungenügend. In kleinen Räumen und Kabinen war meistens kein Platz, die Patienten hin und her gehen zu lassen. Ein gesetzlicher Kassenpatient hatte Anspruch auf sechsmal zwanzig Minuten. Wie sollte ich da eine ausgiebige Analyse machen können, wenn ihm dafür Behandlungszeit gestohlen wurde? Und wenn das betroffene Gelenk der Ellbogen war, wozu diente dann überhaupt die Gangbildanalyse?

Meine erste Festanstellung in einer Praxis war in einer Reha-Einrichtung. Ich hatte die Reihenfolge aller Dinge, die geschehen müssten, bevor wir den Patienten behandeln durften, genau im Kopf. So, wie wir es gerade noch in der Ausbildung gelernt hatten. Ich hatte den Befundbogen die ganze Nacht hin- und hergewendet, damit mir auch heute, an meinem ersten Tag in der Realität nicht ein Detail eines einzigen zu behandelnden Menschen verlorenging.

Mein erster Patient war ein Staatsanwalt mit einer Hüftarthrose und einem dichten Terminplan. Meine Befundaufnahme war äußerst genau. Ich erinnere mich gut, dass ich hinterher perfekt und noch immer nicht gut genug im Bilde war und mich seinen, wie er sagte, unerträglichen

Schmerzen leider nur noch knapp drei Minuten annehmen konnte. In dieser Zeit schaute er ständig auf die Uhr, und als ich eine Moorpackung Fango holen wollte und mich verabschiedete, schrie er mich an, weil ich nur drei Minuten und einundzwanzig Sekunden seine Hüfte behandelt hätte. Wer ich denn denke, dass ich sei und er würde nachher bei meinem Chef anrufen, um sich über mich zu beschweren, so einen Quatsch mache er nicht mehr mit.

In diesem Moment fühlte ich, dass ich nicht hierhergehörte, nicht in einen Zwanzig-Minuten-Takt, nicht in ein vorgeschriebenes Muster, das uns in der Ausbildung antrainiert wurde. Und auch nicht zu den anderen Therapeuten um mich herum, die solche eigenen Erlebnisse einfach zum Anlass machten, eine Einstellung der Stagnation und Haltung einer innerlichen Kündigung anzunehmen.

Denn als ich mich fragte, wie genau meine Kollegen Bewegungsanalyse betrieben, erfuhr ich, wenn ich sie tatsächlich darauf ansprach, dass keiner von ihnen je analysierte oder beobachtete. Sie nahmen das Rezept des Arztes, kamen in den Raum, in dem der Patient bereits auf der Liege lag, nahmen das betroffene Körperteil unter ihre Fittiche, legten am Ende noch ein Fango darauf und verabschiedeten sich bis zum nächsten Mal. Das war für mich nicht durchführbar. Unter keinen Umständen wollte ich so werden. Ich gab mir ein weiteres Mal selbst den Auftrag, schneller, besser und effizienter zu werden, im Sinne meiner selbst gewählten Berufung, den Menschen, der zu mir kam, nachhaltig schmerzfrei, zufrieden und glücklich zu machen. Hier sind wir wieder bei meinen Ausführungen von zuvor. Erstens: Auf den Kontext achtgeben. Zweitens: Die Kultur des Patienten erkennen, respektieren und mitberechnen. Drittens: Typische Bewegungsmuster erkennen. Viertens: Ungewöhnliche Bewegungen wie Schonhaltung, Verspannung oder Fehlstellung bemerken.

Alles kombiniert und in einer möglichst kurzen Zeiteinheit betrachtet. Eine Momentaufnahme. Inzwischen ist es intuitiv geworden. Ich sehe den Menschen und weiß, wo ich ihn als erstes berühren will, was ich ihn als erstes fragen möchte, welchen Tipp ich ihm am liebsten mitgeben würde und welches Werkzeug aus meinem im kaleidoskopischen Werkzeugkoffer gesammelten Fundus ich herausziehen und benutzen könnte, um dem Moment gerecht zu werden und den nächsten Moment mit Spannung und Vorfreude zu erwarten.

Nach einigen Jahren in der Physiotherapie hatte ich noch immer keine gute Lösung für die perfekte Bewegungsanalyse gefunden, wie ich fand. Glücklicherweise stolperte ich über die Lehre von Ida P. Rolf, begegnete bedeutenden Praktikern dieser Lehre, Osteopathen und anderen aus der Branche und wurde Fan von Faszien, von Faszientraining und von der – bis hin zur Psychosomatik – ganzheitlichen Betrachtungsweise unseres Körpersystems. In diesem Zusammenhang lernte ich die Bewegungsanalyse neu kennen.

Der Ablauf einer Bewegungsanalyse in der Rolfing-Ausbildung war in etwa derselbe, wie der, den ich einige Jahre zuvor in der Physiotherapie-Ausbildung gelernt hatte, jedoch wurde die Analyse ganzheitlicher betrieben. Wir gingen mit der Anatomie der Bewegung auf eine ganz neue Art und Weise um, versuchten mit der Benennung einer Struktur am Fuß zum Beispiel eine komplette Kettenreaktion bis zur Haarspitze oder zum kleinen Finger der linken Hand nachzuvollziehen. Wir arbeiteten sogar mit Skelett-Modellen, an denen wir rote und weiße Knete anbrachten, um Muskeln, Sehnen und Bänder darzustellen und Wirkungsketten sichtbar nachvollziehen zu können. Die Vorgänge im Gangbild beginnen zum Beispiel mit der Standbeinphase, wenn die Ferse am Boden landet, die

Außenkante der Fußfläche über den Boden rollt, um im selben Moment über die Mitte des Fußes mit einer sogenannten „Pronation" den Schwerpunkt auf die Innenkante und den großen Zeh zu lenken. Dieser ist dann wiederum für die Abdruckphase und den nächsten Schritt verantwortlich. Das Ganze wird dann auf Unterschenkel, Oberschenkel, Hüfte, Becken, Rumpf, Schultergürtel, Halswirbelsäule und auf die Armbewegung übertragen. Diese Ganzheitlichkeit greifen zu können, war phantastisch. Bewegungsabläufe, -achsen und -ebenen bekamen einen erkennbareren Sinn für mich.

Zudem war ich erstaunt vom Einfluss der Arbeit an den Faszien auf die emotionale Befindlichkeit von uns. Es ist kaum aufzählbar, wie oft meine Kollegen – und auch ich – während des praktischen Unterrichts *zu Tränen gerührt* wurden. In unseren Faszien befinden sich sogenannte *interozeptive Nervenenden*, solche also, die in direktem Zusammenhang mit unserer Insula stehen. Die Insula ist ein besonderes, noch nicht ausreichend erforschtes Areal in unserem Nervensystem. Dieser kleine Bereich ist derjenige, der physiologische mit psychologischen Empfindungen koppelt. Die Insula ist es, wenn wir vor Aufregung am ganzen Leib zittern, vor Angst schwitzen oder vor Verliebtheit Schmetterlinge im Bauch verspüren. Sie ist es auch, die uns Tränen in die Augen schießen lässt, sobald unser Fasziensystem eine Information bekommt, die es vorher nicht gekannt hat.

Hier bekam Ganzheitlichkeit also einen neuen Aspekt hinzu und Bewegungsanalyse einen neuen Stellenwert für mich. Allerdings hörte ich zu dieser Zeit von Mitschülern, Trainern, Lehrern oder auch Professoren immer wieder sehr pauschale Aussagen, die ich so nicht hinnehmen wollte.

BINSENWEISHEITEN UND MISSVERSTÄNDNISSE

Eine dieser Aussagen war: „Wer gebückt geht, ist depressiv.". Ein anderer Satz lautete: „Kopf hoch und Brust raus, bedeutet Intelligenz und Selbstsicherheit." Oder: „Ein von Dir weggedrehter Körper zeigt Desinteresse und Antipathie.".

Es gibt mehr davon und sie sind allesamt einerseits durchaus glaubenswert und passen auf viele Situationen des Lebens, andererseits stimmen sie nicht.

Die erste Binsenweisheit wurde direkt widerlegt, als ich einen Patienten bei seinem ersten Termin fragte, warum er so traurig sei, denn er ging wirklich so gebückt, wie niemand, den ich zuvor gesehen hatte. Er empfahl mir, einen Blick auf die Patientenakte zu werfen, er habe Morbus Bechterew, eine rheumatische Erkrankung, die zu Schmerzen in Folge von einer zum Rundrücken versteiften Wirbelsäule führt, und sei ansonsten durchaus gut gelaunt.

Die zweite Binsenweisheit verleitete mich zu einer Folgeverabredung mit einem sehr attraktiven jungen Mann, dem ich auf einer Party begegnete. Er war groß gewachsen und strahlte Überlegenheit und Kompetenz aus. Alles also, was ich mochte. Es war kaum Gelegenheit zu reden, die Musik war laut und wir waren als Gruppe da. Aber mir war klar: wer so stolze Bewegungsmuster hatte, das konnte nur ein erfolgreicher und selbstsicherer Kerl sein. Deshalb verabredeten wir uns für einen der nächsten Tage. Wie ich erfahren musste, war die aufrechte Körperhaltung lediglich auf sein fleißiges Betätigen in einem Fitnesscenter zurückzuführen. Die Selbstzweifel und ein hoher Grad an

Unsicherheit, die mir in der Kommunikation mit ihm entgegen schwappten, gaben mir den Anlass, Körperhaltung per se nicht mehr ganz so wichtig zu nehmen, beziehungsweise, sie nicht als alleingültigen Glaubenssatz hinzunehmen, sondern mich ab sofort auf mehr Details als nur dieses eine einzulassen.

Die dritte Binsenweisheit brachte mich näher mit einem alten Hausbesuchspatienten zusammen. Alle, die mit ihm zu tun hatten, nannten ihn Griesgram, und sagten, er habe kein Interesse an gar nichts und würde sich immer abwenden und wegdrehen, wenn sie etwas mit ihm zu besprechen hätten. Seine Tochter und Enkelin, das Pflegepersonal, sogar die Ärztin, alle sagten dasselbe. Ich war nicht auf den Mund gefallen und fragte ihn direkt in der ersten Behandlung, warum er sich so von mir abwandte, ich wolle ihm doch helfen. Seine Antwort erstaunte mich und wir konnten bis zu seinem baldigen Versterben noch alle darüber lachen. Er sagte: „Ich höre kaum noch etwas und dieses linke Ohr versteht nur, was Sie sagen, wenn ich den Kopf genau auf diese Weise halte."

Hier bin ich nicht nur bei Beginn meiner Ausführungen angekommen – bei Kontext, Kultur, typische Bewegungsmuster und ungewöhnliche Bewegungen wie Schonhaltung, Verspannung oder Fehlstellung – sondern auch bei dem Verständnis von Kulturdifferenzen in der Kommunikation. Unsere eigene Entwicklung gleicht immer einer Ko-Entwicklung. Das bedeutet, dass wir uns mehrspurig entwickeln. Zum einen machen wir uns zu einer eigenständigen Persönlichkeit aufgrund unserer eigenen Fähigkeiten, Fertigkeiten und der Motivation, die wir selbst mitbringen. Zum anderen werden wir zu dem, was wir sind, durch die Interaktion mit unserem Umfeld, das sich uns tagtäglich neu anbietet, also durch die Nutzung der Sprache sowie durch die Sozialisation im Allgemeinen. Und diese Weiterentwicklung oder auch Konstruktion unseres Selbst basiert wiederum auf der Werteebene, an der wir uns während des Prozesses der Entwicklung maßgeblich orientieren.

Alles, was uns von der Erkenntnis über Glaubenssätze bis hin zur uns innewohnenden Kultur führt, ist somit von Werten geleitet. Und der Kreislauf, den wir anfangs über unser Vorverständnis bewerten, von Erkennen über Reflektieren bis hin zu neu Anwenden, vielleicht sogar Anpassen und Verschmelzen, erblüht in neuen Farben. Es ist eine fortwährende Wiederholung von Rekonstruktion, Dekonstruktion und Ko-Konstruktion. Es gibt genauso kulturelle wie individuell angeborene Unterschiede. Und es ist weder leicht, sie zu erkennen, weil wir gerne von uns selbst ausgehen, noch ist es einfach, bestehende Glaubenssätze zu überdenken, geschweige denn fällt es leicht, Kulturen zu verändern.

DIE BOTSCHAFT DES KÖRPERS

In der Bewegungsanalyse haben wir einen Menschen und seinen Körper vor uns, bestehend aus mehr als 50 Billionen Zellen mit mehr als 3,3 Billiarden von DNS-Textbausteinen, aus über 1,5 Quadratmetern Haut, mehr als 600 Muskeln, 200 Knochen, 100 Gelenken und mindestens 20 Kilogramm Faszien. Es ist undenkbar, in kürzester Zeit, selbst in den anfänglich genutzten 15 Minuten im Stand und 15 Minuten im Gangbild, eine Aussage über alle genannten Strukturen zu machen.

Deshalb setze ich Prioritäten. Und diese setze ich schon in dem Moment, in dem mein Klient zur Türe hereinkommt und mir die Hand gibt, sich setzt, stehenbleibt oder sich auszieht und mir dabei seine Beschwerden oder Probleme schildert. Schon in diesem ersten Moment ist eine spontane Bewegungsanalyse abgelaufen. Im nächsten Moment läuft schon eine weitere und so fort. Mein Blick ist nicht überall, sondern dort, wo es ihn hinzieht, dem sogenannten *point of attraction*, und von da aus der Intuition folgend. Körper, Geist, Seele werden gleichzeitig betrachtet, jedoch reduziert auf Punkte, die der Moment erfordert. Der Körper unseres Gegenübers spricht mit uns. Immer und in jedem Moment.

Den *point of attraction* wahrnehmen zu können, klingt natürlich toll und ist es auch. Aber auch ich habe dafür mit dem Lernen von Basiswissen begonnen. Ich habe das Grundsätzliche angenommen und mir sind im Laufe meiner Behandlungen der letzten fünfzehn Jahre Regelmäßigkeiten aufgefallen, die zu den folgenden Erkenntnissen der Analyse von Bewegung geworden sind. Ich möchte erneut darauf hinweisen, dass nichts davon die Intention hat, als „so ist es" verstanden zu werden, eher als „so sind meine Erfahrungen". Wenn ich von „Nutzung eines Bewegungsmusters im Vergleich" spreche, dann stelle ich einerseits den Vergleich zu meinem selbstgewählten Normal her, das sich ableiten lässt von der Kenntnis, die ich über den Kontext habe. Und andererseits stelle ich den Vergleich über die Person und ihr Bewegungsmuster im Normalzustand her, sofern ich sie schon eine Weile kenne. Oder aber ich stelle den Bezug zu allem Vergleichbaren her, das ich bis heute im Repertoire habe, mit der Hoffnung, heute nicht allzu falsch zu liegen und morgen schon wieder etwas mehr gelernt zu haben.

Die nachfolgenden Abschnitte möchte ich einerseits dazu nutzen, Ihren Blick auf das eigene Bewegungssystem zu erweitern, achtsamer mit Ihrem eigenen Körper und bewusster mit Ihrer Ausstrahlung umzugehen. Der aufmerksamere Umgang mit unseren eigenen Strukturen des Bewegungsapparates erweitert unsere Perspektiven auf das Leben. Besonders in der heutigen Zeit, da unser Denkorgan zum wichtigsten Bestandteil eines erfolgreich ablaufenden Alltags gehört und wir zwischen Arbeitskollegen und Vorgesetzen, Partnern, Familienangehörigen und Freunden, Weiterbildungsangeboten, Hobbies und Flughäfen hin und her pendeln. Körperliche Betätigung wird höchstens zu einem Pflichttermin zwischen den anderen Pflichtterminen, dem Wohlbefinden der einzelnen Strukturen kommt hierbei kein Gedanke zugute. Andererseits möchte ich Ihnen mit der Bewegungsanalyse, die ich für mich selbst entwickelt habe, ein Geschenk machen, um Ihre Mitmenschen besser verstehen zu können. Sollten Sie im beruflichen oder privaten Kontext mit Menschen zu tun haben, können Ihnen diese Ausführungen durchaus dienlich sein. Ihr Blickwinkel, Ihr Gefühl für Ihr Gegenüber, Ihre Empathie, Ihr Kommunikationsverhalten und Ihre Reaktion auf Aktionen der anderen werden positiv beeinflusst.

Allerdings möchte ich Sie zuvor davor bewahren, dieselben Fehler zu begehen, die ich im Zuge meiner Erfahrungen machte. Denn ich sah plötzlich nur noch Schubladen der Bewegung und vergaß Kontext, vergaß den Menschen hinter der Bewegung, begann, pauschale Aussagen zu machen, fand diese Methode der Interpretation so genial, dass ich damit in meinem Umfeld des Öfteren für Wutausbrüche und beleidigte Freunde sorgte.

Ein Moment, der mir bis heute die Schamesröte ins Gesicht befördert, war auf einer Party. Ich saß mit zwei Jungs am Tisch, die sich später als Konkurrenten um die Gunst einer Herzensdame entpuppen sollten. Und einer der beiden forderte mich auf: „Wenn Du so gut bist in der Interpretation meiner Körperbewegungen, dann hast Du mich sicher längst durchschaut. Wer bin ich?" Ich holte tief Luft und begann euphorisch mit meinen Ausführungen. Der eine hörte aufmerksam zu, während ich dem anderen sein Wesen erklärte, dass mir sein Bewegungssystem preisgab. Wahrscheinlich hatte ich den Nagel auf den Kopf getroffen, denn ich verärgerte ihn damit. Und sein Kontrahent hatte zu allem Überfluss alles mitbekommen. Ich versuche seitdem, diesen Abend aus meinem Gedächtnis zu streichen. Ohne Erfolg. Aber ich gebe nie wieder einer Person vor anderen einen Ratschlag oder Tipp, der auf meine Analyse zurückzuführen ist oder spreche aus, was ich sehe. Diese Art der Kommunikation reduziere ich auf ein Gespräch zu zweit. Denn sie ist persönlich und geht sonst niemanden etwas an. Reden ist Silber, Schweigen ist Gold. Ein Satz, der für die KörperSprache und die Sprache mit Worten gleichermaßen gilt.

Danke Fehler, Du bist mein Coach.

ZWISCHEN DEN ZEILEN LESEN

Das Auswertungssystem, das ich für meine spezielle Form der Bewegungsanalyse entwickelt habe, folgt einem einfachen Prinzip. Es gibt drei Bewegungsebenen, drei Atemmuster und Ground, Core und Space. In der RolfingLehre benutzen wir die Begriffe wie folgt: Ground hat mit Erdung zu tun und lässt uns erkennen, wie ein Patient mit dem Boden umgeht. Core ist der Begriff, den wir einsetzen, wenn wir das Verhalten der Körpermitte beurteilen. Als letzter der drei Begriffe, bietet Space uns die Möglichkeit zu erkennen, wie frei sich Kopf und Arme des Patienten in die Bewegung integrieren.

Jede dieser Dreier-Gruppen bildet eine Einheit. In dieser Einheit werte ich die einzelnen Bewegungsaspekte in ihrer Ausprägung in der Bewegung aus. Umso mehr Bewegungen in unterschiedlichen Kontexten und Gemütszuständen einer Person ich kenne, desto klarer formt sich das Bild der Bewegungsmuster, die zu stark oder zu geringfügig ausgeprägt sind. In der Bewegungsanalyse im Kontext der Beratung habe ich durch die Beschreibungen meines Klienten über seinen eigenen Zustand – geistige Komponente, körperliche Beschwerden, seelischer Zustand, private oder berufliche Situation – schon eine durchaus profunde Basis, auf die ich die Bewegungsanalyse der ersten Stunde aufbauen kann. Die einzelnen Aspekte werden somit von mir nach ihrem Ausprägungsgrad bewertet, sie bekommen Punkte von 0 (= nicht vorhanden) über 5 (= „normal" entwickelt) bis 10 (= sehr stark ausgeprägt). Hierbei geht es nicht darum, Mittelwerte zu erzielen, sondern lediglich darum, innerhalb einer Dreiergruppe ein mögliches Ungleichgewicht zu erkennen, um darauffolgend die Balance wiederherzustellen. Es ist dabei unwichtig, ob alle drei Aspekte geringer oder stärker ausgeprägt sind. Bedeutsam ist nur ihr Gleichgewicht. Denn es ist das Ziel, über die Möglichkeit zu verfügen, alle drei Bewegungsmuster in dem Moment nutzen zu können, in dem wir sie benötigen. Dazu ist es notwendig, dass sie ähnlich ausgeprägt sind wie ihre Mitspieler. Dies, um nicht in ein Muster zu verfallen, das in einer bestimmten Situation nicht zielführend oder sogar problemsteigernd wirkt. Sei es emotional oder im zwischenmenschlichen Verhalten.

Ich möchte erneut darauf hinweisen, dass ich hier von meinen eigenen Erfahrungen ausgehe. Wenn ich von „Nutzung eines Bewegungsmusters" spreche und Punkte dafür vergebe, dann ist es das jeweilige Normal der beobachteten Person in einem ausgeglichenen Moment, das ich persönlich als normal für eben diese Person aus meiner Perspektive aufgrund aller erhaltenen Informationen empfinde. Hierbei geht es zum einen um individuelle Aspekte.

Denn der Mensch, der zu mir kommt, um mit mir an seiner Bewegung zu arbeiten, hat eine Idee, worum es ihm geht. Diese teilt er mir mit, denn daran wollen wir ja arbeiten. Es gibt Dynamiken, die diesen Menschen so fühlen, denken, handeln und bewegen lassen, wie er es momentan tut. Seinem Bewegungsverhalten liegen also eigene Glaubenssätze und Grundannahmen über sich selbst und sein eigenes Leben zugrunde. Zum anderen geht es um Beziehungsaspekte, denn der Klient erreicht gleichzeitig eine Reaktion seines Umfeldes durch alles, was er fühlt, denkt und tut. Die Weise, wie er sich bewegt und das, was er durch seine Haltung ausstrahlt, führen in zwischenmenschlichen Beziehungen zu immer neuen Reaktionen und Erfahrungen. Normal ist also jedes Mal anders, wenn ich ihn sehe. Deshalb ist auch der Wert eines Bewegungsmusters per se nicht mein Anliegen, eher ist es die Ausgeglichenheit im Gesamten. Denn die Unausgeglichenheit ist es, die zu körperlichen, seelischen oder mentalen Problemen führen kann.

Die beiden folgenden Beispiele (Namen geändert) verdeutlichen, dass kein Bewegungsmuster bedeutsamer oder unwichtiger als ein anderes sein sollte. Wir fühlen uns am wohlsten, wenn unsere Bewegungsrichtungen möglichst im Einklang miteinander schwingen und ihre individuelle Ausprägung an den jeweiligen Kontext anpassen. Dazu zeige ich später im Buch, wenn ich die Bewegungsmuster genauer durchnehme, weitere Beispiele.

Beispiel eines Klienten, die Bewegungsanalyse in einem ähnlichen Kontext mit einem halben Jahr Coaching und Training dazwischen, Ground, Core und Space betreffend.

Legende: SE=Sagittalebene[3], FE=Frontalebene[4], TE=Transversalebene[5], EA=Einatmung, AA=Ausatmung, AP=Atempause

---

[3] Als Sagittalebene (SE) wird eine sich vom Kopf zum Becken und vom Rücken zum Bauch erstreckende Ebene bezeichnet, die den Körper seitlich in zwei Hälften teilt, also in eine linke und eine rechte Seite. Bewegungen, die in der Sagittalebene stattfinden, sind Bewegungen der frontotransversalen Bewegungsachse. Damit sind alle Bewegungen von ventral nach dorsal und von dorsal nach ventral gemeint, also von hinten nach vorne.

[4] Als Frontalebene (FE) wird die bei einer Vorderansicht des Menschen sichtbare Bewegungsebene bezeichnet. Sie teilt den Körper in ventral und dorsal, in vorne und hinten. Bewegungen in dieser Ebene finden in der sogenannten sagittotransversalen Achse statt, also seitlich, nämlich lateral.

[5] Als Transversalebene (TE) wird eine Ebene senkrecht zur Längsachse, also eine horizontale Ebene bezeichnet. Sie teilt den Körper in eine untere und eine obere Hälfte. Bewegungen in der Transversalebene

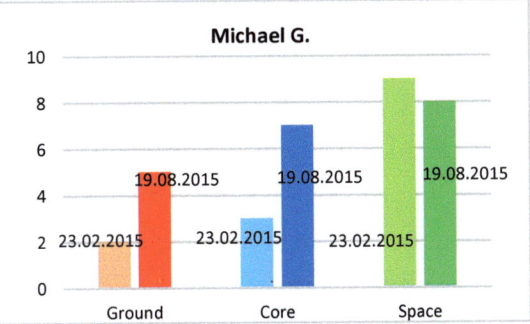

Beispiel einer Analyse des gesamten Bewegungsverhaltens in allen Mustern, blau vor der Behandlungsserie und grün einige Monate später.

finden in der frontosagittalen Achse statt. Es sind vor allem Drehbewegungen und Rotationen.

POSITIVES KÖRPER-SOZIALVERHALTEN – BEWEGUNG MACHT GLÜCKLICH UND GESUND

> „Lache, und die Welt lacht mit Dir."
>
> (Ella Wheeler Wilcox)

Ich stehe voll und ganz hinter dem Satz „Bewegung macht glücklich". Diese Position werde ich wie den letzten Fels in der Brandung verteidigen. Mit dieser Einstellung infiltriere ich mein gesamtes Umfeld und nerve die Menschen um mich herum von Zeit zu Zeit, wenn ich versuche, sie von Couch, Computer und Fernsehen wegzubringen. Ohne Bewegung erreichen wir nicht den Grad an Zufriedenheit, wie wir ihn mit Bewegung erreichen könnten.

Ich kenne diese Zustände selbst, die Zeiten, in denen ich mich schonen musste und nicht bewegen durfte und die, in denen ich durfte. Zeiten, in denen ich glaubte, keine Zeit für Sport zu haben, weil alles andere wichtiger war. Familie, Karriere, Termine. Und ich kenne Tage, in denen ich mir einfach die Zeit für Sport nahm. Zuerst waren es Kleinigkeiten, die mir bewusstwurden.

Das Käsebrot schmeckte einfach besser, wenn ich vom Joggen kam. Die schreckliche laute Hip-Hop-Musik aus dem Zimmer meines Sohnes störte mich kaum, wenn ich tagsüber Gelegenheit für mein Cross-Fit-Training hatte. Die verpasste U-Bahn war kein Thema für mich, wenn ich vom Klettern heimfuhr.

An den Tagen ohne Sport, wenn ich den ganzen Tag nur im Büro oder im Zug saß oder als Zuschauerin auf einem Fußballturnier meines Sohnes herumstand, dann konnte mich alles furchtbar nerven, kein Käse wäre auch nur annähernd gut genug gewesen, keine Musik leise genug und jede verpasste U-Bahn hätte eine Fluch-Tirade ausgelöst. Das waren erstmal nur Beobachtungen. Damit kann ich allerdings niemanden überzeugen, mit mir zu kommen, wenn ich mal wieder eine verrückte Idee habe, denn aus einem mir unbegreiflichen Grund hat die Mehrheit meiner Bekannten dieses Phänomen bisher nicht so wahrgenommen wie ich selbst.

Deshalb wollte ich besser verstehen, wie sportliche Betätigung und das Glück, das ich an sportlich aktiven Tagen als größer empfand, zusammenhängen. Das war der Moment, als ich unser Nervensystem genauer kennenlernte. Besser gesagt, unsere Glückshormone Oxytocin, Dopamin, Opioide und Serotonin.

Oxytocin, das Kuschelhormon.

Ich versuche höchstwahrscheinlich aus intuitivem Eigennutz, meine sportlichen Aktivitäten teilweise gemeinsam mit anderen zu unternehmen, denn im gemeinsamen Trainieren entsteht ein Wir-Gefühl zwischen meinen Mitspielern und mir. Egal, ob in der Zumba-Gruppe im Sportclub, beim Basketball auf dem Schulhof ums Eck oder beim Billard in unserem Stammlokal – ja, auch Billard ist Sport. Ich persönlich zähle sogar Schach, Bowling und Doppelkopf dazu – gemeinsame Aktivitäten führen zu einem Zugehörigkeitsgefühl, zu positivem Sozialverhalten, zu Bindung. Bindung fördert die Produktion eines uns als Kuschelhormon geläufigen Neurohormons, dem Oxytocin.

Oxytocin hat mehrere grandiose Eigenschaften, ich reduziere meine Ausführungen auf zwei. Erstens: Umso mehr Oxytocin wir produzieren, desto eifriger reduziert das Nervensystem den Aufbau unserer Stress-Hormone. Das bedeutet, wir werden durch Oxytocin gelassener, kontrollierter, ruhiger, besonnener. Und wir werden auch gesünder, denn die Hormone des Immunsystems hängen in ihrem Vorkommen unmittelbar mit dem Zyklus der bei chronischem Stress entstehenden Reaktionen zusammen. Zweitens: Wir werden eifriger, wissbegieriger, interessierter. Denn Oxytocin lebt in einer Wechselwirkung zu unserem Hippocampus, der für die tägliche Bildung Tausender neuer Nervenzellen zuständig ist. Wir nennen diesen Vorgang Neurogenese. Mit der Zunahme der Oxytocin-Produktion entstehen mehr junge Nervenzellen, die darauf warten, etwas Neues lernen zu dürfen. Wenn Schüler Spaß an der Schule haben und ihre Mitschüler sowie den Lehrer mögen, nehmen sie den Lernstoff besser auf. Wenn wir ein Instrument oder eine Sprache lernen, ohne dabei unter zu viel Druck zu stehen, fällt es uns leichter. Wenn wir uns des Öfteren im Freundeskreis mit den anderen beschäftigen, sind wir optimistischer und gelassener.

Ich denke gerade an meine Schulzeit zurück. Und nun weiß ich genau, warum eine Lücke in meinem geschichtlichen Allgemeinwissen besteht. Mein Geschichtslehrer und ich waren uns von der siebten bis dreizehnten Klasse nicht sehr wohlgesonnen.

Dopamin, das Belohnungshormon.

Wenn wir aktiv sind und uns bewegen, dann sollten wir uns realisierbare Ziele stecken. Es reicht, jeden zweiten Tag eine Runde durch den nahen Wald zu walken, anstatt gleich beim ersten Mal direkt 10 Kilometer die Berge hoch zu rennen, weil wir das früher konnten, um danach tagelang mit Knieschmerzen darnieder zu liegen. Denn Dopamin entsteht bei Belohnung. In einem Zentrum des unterbewussten, des limbischen Systems unseres Gehirns befinden sich Reizempfänger, sogenannte Rezeptoren, die Dopamin binden, wenn wir es produzieren. Wenn wir uns durch Bewegung selbst belohnen, wenn wir also stolz darauf sind, was wir heute geschafft haben – und seien es die 20 Minuten walken durch den Wald - wird Dopamin gebildet und setzt sich auf die besagten Stellen im limbischen System.

Dieses System im Gehirn steuert unsere Selbstregulation. Unsere Selbstregulation wiederum ist zuständig für unser Selbstwertgefühl, unsere Freude, am Leben teilzunehmen und unsere Akzeptanz, Situationen nehmen zu können, wie sie sind. Kurz: Resilienz. Da wir Belohnung nicht nur nach getaner Bewegung, sondern bei jeder Art der Lösung einer Aufgabe oder eines Problems erfahren, mag ich Herausforderungen. Herausforderungen können alles sein vom Ausprobieren eines neuen Kochrezeptes über eine bestandene Prüfung bis hin zur Lösung eines Konflikts.

Da unsere Dopamin-Rezeptoren auch empfänglich für Nikotin, Alkohol und Zucker sind, kann es passieren, dass wir ungesunde Süchte entwickeln, wenn wir uns seltener an Herausforderungen wagen oder mit etwas so Einfachem wie Bewegung belohnen.

Opioide, die Belohnungserwartung.

Stellen Sie sich vor, ich rufe Sie an, wie ich es oft mit meinen Freunden tue. Ich sage zum Beispiel: „Lass uns einen Spaziergang machen." Und dann wird daraus eine lange Wanderung mit Klettersteig. Oder ich sage: „Ich wollte nur kurz eine Runde um den Block joggen, bist Du dabei?" und dann ist der „Block", den meine Freundin vermutet hatte, ein erheblich kürzerer gewesen. Oder ich spreche von „einer Stunde im Fitnesscenter", aber verbringe dort dann mindestens zwei. Ich halte folglich die Erwartungen der anderen nicht ein und das führt zu dieser Resignation, die ich bis gerade eben nicht nachvollziehen wollte. An alle sei gesagt: Ich verstehe Euch jetzt. Denn Opioide hängen mit der sogenannten Belohnungserwartung zusammen und sind in ihrer Produktion abhängig von der eingehaltenen Erwartung, die wir bei einer Abmachung in Erwägung ziehen.

Auch angemessenes Lob hält den Opioid-Spiegel in seinem Normalmaß. Opioide verhalten sich folglich in ihrer Produktion normal, wenn Geschehnisse mit Erwartungen übereinstimmen. Wenn das nicht zutrifft, führt dies zu Schwankungen im Opioid-Haushalt und kann zu körperlichen und seelischen Symptomen wie Neuralgie, Manie oder Depression führen. Auch die Stressresistenz entwickelt sich mit dem Opioid-Spiegel. Ist er niedrig, sinkt sie auch. Das führt unter anderem zu Schmerzen und Resignation. Steigt er stark, ist sie hoch und der Mensch kann überheblich, egozentrisch oder größenwahnsinnig werden. Wenn Kinder ein Eis versprochen bekommen, wenn sie ihr Zimmer aufräumen, nach getaner Arbeit aber keins bekommen, dann resignieren sie und werden sicher mit weniger Freude die nachfolgende Aufgabe erfüllen. Wenn sie statt des Eises ein Mountainbike als Belohnung bekommen, dann erwarten sie für jede kleine Tat, die sie vollbringen, mehr als verdient wäre und werden undankbar und gierig.

Damit ist auch klar, warum meine Freunde dankend absagen, wenn ich mit ihnen etwas unternehmen möchte. Sie wissen natürlich, dass ihre Erwartungshaltung in den meisten Fällen nicht mit meiner übereinstimmt. Ihr Opioid-Spiegel sinkt und sie haben automatisch keine Lust mehr.

Glück

Ich gebe gerne kleine Tagesworkshops für Freunde und Bekannte. Mein Lieblingsthema ist „Glück", ich bereite es immer wieder neu auf. Oft beginne ich mit einer Variante des Speed-Datings. Sie kennen das vielleicht. Menschen sitzen sich gegenüber, haben eine gewisse Zeit zur Verfügung, um sich kennenzulernen, ein Wecker klingelt und die eine Reihe der Teilnehmer steht auf und geht einen Platz weiter, sodass jeder am Ende jeden im Raum kennenlernen durfte und bereits erste Gemeinsamkeiten und Vorlieben entstanden sind. Speed-Datings zum Thema Glück sind gut durchzuführen. Meine Anweisung lautet dann: Ihr habt je eine Minute, um dem Gegenüber eine Geschichte eines Momentes zu erzählen, in dem Ihr Glück hattet oder glücklich gewesen seid. Die Geschichte soll bei jedem neuen Gespräch eine andere sein.

Die Aufregung ist groß. Bei zwölf Teilnehmern soll ich also 11 verschiedene Glücksgeschichten finden. So viel Glück hatte ich doch niemals. Solche Gedanken gehen den Teilnehmern durch den Kopf. In den reflektierenden Gesprächen nach der Übung erkennen alle, wie schön es ist, zu bemerken, dass sie so viele Momente des Glücks hatten und haben, jeden Tag. Und dass sie diese oft übersehen. Ab sofort nicht mehr. Wenn Glück messbar wäre, dann ist nach solchen Übungen auch jedes Mal eine ganz andere Stimmung im Raum. Er schwingt plötzlich neu. Viel ruhiger und schöner. Das ist kollektives Glück.

Glücksforschung ist heutzutage ein bekannter Forschungszweig. In Deutschland ging sie vor etwa siebzig Jahren von Anstrengungen des Soziologen Alfred Bellebaum aus. Positive Psychologie nennt sich der neueste daraus entstandene Zweig. Meine Interpretation der Ergebnisse aus der Wissenschaft ist wie folgt:

Glück steht in Wechselwirkung mit Empathie. Das bedeutet: Wir vermehren das eigene Glücksgefühl durch das uns Erfreuen am Glück des anderen. Ich nenne es: Glück als „Wir"-Projekt.

Glück steht auch in Wechselwirkung mit Resilienz, also die Entfaltung der Zufriedenheit durch Akzeptanz, Optimismus und Interaktion mit der Umwelt. Mein Grundsatz hierzu ist: Glück als „Ich"-Projekt.

Glück steht zudem in Wechselwirkung mit unserer Kognition, denn Kreativität und Lust auf Lernen stehen in unmittelbarem Zusammenhang mit unserem Belohnungssystem. Das wiederum lässt es mich so ausdrücken: Glück als „Es"-Projekt.

Glück ist folglich das Miteinander von „Es", „Ich" und „Wir". Alles gehört mit allem zusammen. Probieren Sie die Übung aus, Sie brauchen ja kein Speed-Dating zu veranstalten. Ich persönlich nehme diese Erkenntnisse so mit, dass ich jeden Abend, an dem ich Zeit habe, nur kurz bei Freunden, Bekannten oder Familienmitgliedern anrufe, eine Geschichte des Glücks erzähle und im Gegenzug eine von der Person selbst erbitte. Dann legen wir die Hörer auf. Und jeder für sich ist glücklicher, als wir es vor dem Telefonat waren. Sie werden überrascht sein von der Resonanz Ihres Umfeldes insgesamt.

Cortisol, das Stress- (oder Überlebens-) Hormon.

Das immer wieder von uns schlecht geredete Stresshormon, ist überlebenswichtig für uns. Es sorgt für die Energiegewinnung im Körper und hält die Alarmbereitschaft in akuten Fällen von bedrohlichen Situationen aufrecht. Es wirkt entzündungshemmend, aktiviert im Notfall wichtige Stoffe und gibt sie dem Kreislaufsystem für den Transport frei. Cortisol wird in den Nebennieren hergestellt. Wie ich sehr gerne betone, wird unsere Cortisolproduktion automatisch sieben Mal am Tag in die Höhe getrieben, damit unser Körpersystem über die Mitochondrien in den Zellen unsere Energieressourcen auffrischt. Dies ist eine autonome Überlebensfunktion unseres limbischen Systems. Das bedeutet übersetzt für mich, dass ich die Erlaubnis habe, mich sieben Mal am Tag so richtig über etwas aufzuregen. Denn dadurch unterstütze ich mein Hormonsystem in seiner automatischen Cortisolproduktionsfunktion.

Erst beim achten Mal Ärger am Tag können wir von zu viel Cortisol sprechen und erst, wenn das zu einem dauerhaften Zustand wird, ist es eine chronische Überbelastung durch einen erhöhten Cortisolhaushalt.

Einige meiner Schmerzpatientinnen, tatsächlich sind es in der Mehrheit Frauen, betonen gerne, dass ihre Schmerzen durch ihren Ehemann verursacht würden, der ihnen auf die Nerven ginge. Natürlich kann das zusätzlich zu anderen Stressoren ein Teil der Wahrheit sein, jedoch ist es meistens nicht nur dieses eine Phänomen.

Serotonin, das Glückshormon.

Zufriedenheit und das Empfinden von Glück hängen mit Serotonin zusammen. Die Produktion von Serotonin wird in Zeiten, zu denen wir dauerhaft unter Druck stehen, als Folge der erhöhten Stresshormone im Körpersystem reduziert. Das liegt daran, dass es eine Obergrenze an dem Mischverhältnis von Cortisol und Serotonin gibt. Stellen wir uns der Einfachheit halber vor, diese Obergrenze seien hundert Teile. Dann wären fünfzig Anteile des einen und fünfzig des anderen Stoffes gerade ausgeglichen. Nun kann aber in chronischem Stress der Cortisolgehalt auf mehr als fünfzig anstiegen, nehmen wir mal achtzig an. Somit können nur noch zwanzig Anteile Serotonin existieren. Stresshormone werden abgebaut, wenn Oxytocin, Dopamin und Opioide produziert werden. Der Cortisolspiegel senkt sich und verliert seine imaginären achtzig, besser gesagt, einen Teil davon. Serotonin kann als unmittelbarer Folge von positiver sozialer Bindung, Bewegung oder Belohnung, in unserem System hergestellt werden. All das reduziert folglich unser Stressempfinden. Da unser Glückshormon Serotonin auch noch zusätzlich eine stabilisierende
Wirkung auf das Immunsystem, Verdauungssystem und Kreislaufsystem hat, ist es enorm wichtig für uns.

„Bewegung macht glücklich." ist die Aussage, die ich weiterhin verteidige wie meinen Augapfel. Allerdings gilt auch hier das Prinzip von Paracelsus: „Sola dosis facit venenum" (Nur die Dosis macht das Gift). Zu viel Bewegung macht natürlich niemanden glücklich, selbst mich nicht.

Bewegung ist gut für unser gesamtes System. Bewegung belohnt uns, sie fördert außerdem unsere Achtsamkeit. Und: Beweglichkeit schenkt uns ein größeres Spektrum an Perspektiven. Es ist also wie es ist. „Bewegung macht glücklich."

Dass Bewegung in allen ihren Facetten Schönheit bedeutet, sehen wir, wenn wir sie analysieren. Nicht nur über meine selbstentwickelte Bewegungsanalyse, sondern indem wir alle Lehren nutzen, die wir dafür zur Verfügung haben. Glück hat nicht nur im neurologischen und hormonellen Kontext unseres Systems einen Einfluss auf uns, sondern gleichzeitig auf unser Immunsystem. Denn chronischer Stress, Bewegungsmangel und ihre unmittelbaren Folgen wie zum Beispiel der Mangel an Botenstoffen und Proteinen im Körpersystem oder dauerhaft erhöhte Cortisolwerte verursachen eine Reaktion in der Beschaffenheit unserer Leukozyten.

Leukozyten sind unsere weißen Blutkörperchen, wir teilen sie ein in

- Granulozyten, für die unspezifische Abwehr von Bakterien, Viren und Pilzen,

- Monozyten für die allgemeine Zerstörung körperfremder Stoffe und

- Lymphozyten, die unserer spezialisierten Immunantwort dienen und zwei Unterklassen von T-Zellen herstellen (Th1 und Th2), die wiederum mit der Ausschüttung spezifischer Proteinverbindungen (sogenannter Zytokine) für die Regulation, Koordination und Organisation eines effektiven Verlaufs der Immunantworten zuständig sind.

Meine Kollegin und Freundin Melanie ist, seit ich sie kenne, regelmäßig malad. Leider kann ich sie nicht wirklich unterstützen in ihrer chronischen Krankheit, da sie eine Außendienst-Mitarbeiterin ist und wir uns nur montags am Jour-Fixe-Tag im Büro treffen, wenn alle Kollegen anwesend sind. Melanie ist geschieden, ihr ExMann ist unzuverlässig und unterstützt sie nicht wirklich.

Sie hat zwei Kinder im Grundschulalter. Ein Sohn hat eine Aufmerksamkeitsdefizitstörung, ist dabei hochintelligent und sucht ständig nach Input. Das ist an und für sich schon eine komplizierte Situation. Es kommt aber noch hinzu, dass Melanie in zwei Jobs gleichzeitig arbeitet, damit sie ihren Kindern und auch sich selbst das Leben bieten kann, das sie möchte. Sie springt von Familienpflichten zu beruflichen Aufgaben und vergisst dabei sich selbst. Noch dazu ist sie sehr anspruchsvoll an sich selbst. Ein gepflegtes Äußeres, ein schlanker Körper, eine makellose Haut. Das strebt sie an und das erreicht sie. Allerdings steht sie so unter dauerhaftem Druck. Sie möchte perfekt sein als Mutter, als Arbeitskollegin, als Frau. Sie hat fortwährend Sorgen existenzieller Art. Angst, aufgrund ihrer Krankentage den Job zu verlieren und Sport treibt sie nicht, weil sie Spaß daran hat, sondern weil sie muss. Es braucht keinen Hellseher, um zu erkennen, dass ihr Stresshormon Cortisol chronisch erhöht ist. Eine Folge ist somit auch ihre Neigung dazu, jede noch so kleine Krankheit ihrer Kinder aufzuschnappen und daran länger als nur eine kurze Weile zu leiden, offensichtlich. Ich versuche sie, so oft es in meiner Möglichkeit steht, mit dem Cortisol-Gegenspieler Oxytocin zu versorgen über die positive soziale Verbindung, die wir haben. Und ich versuche, ihr den Druck zu nehmen, wo ich kann.

In Bezugnahme auf die These, dass Bewegung nicht nur glücklich, sondern gleichzeitig gesundmacht, befasse ich mich im Speziellen mit den T-Zellen. Denn von ihrer Balance hängen unsere Gesundheit und unser Wohlbefinden ab.

Die TH1-Helferzellen sind primär für unsere intrazelluläre Abwehr und unsere Immunität gegenüber Fremdstoffen zuständig. Sie wehren sich folglich gegen alles, was der eigene Körper nicht kennt. Die TH2-Helferzellen kümmern sich stattdessen um die extra-zelluläre, die sogenannte humorale Immunabwehr außerhalb der Zellmembran und arbeiten nicht so spezifisch wie die TH1-Zellen. TH2-Zellen hemmen zudem mit ihrer Bildung bestimmter Immunstoffe teilweise die Bildung der TH1-Zellen. Das führt in Richtung einer Allergie gegenüber eben diesen Fremdstoffen, um die sich beide Helferzellen bemühen. In einem gesunden System arbeiten die TH1- und TH2-Zellen zusammen. Es herrscht ein Gleichgewicht zwischen ihnen und der damit verbundenen Produktion an Zytokinen. Das sind Proteine, die das Wachstum und die Differenzierung von Zellen regulieren. Kurzfristige Ungleichgewichte sind immer dann unabwendbar, wenn ein Immunereignis eingetreten ist, dass eine erhöhte Produktion von TH1- oder TH2-Zytokinen notwendig macht, zum Beispiel eine Grippe, eine akute Verletzung oder eine Entzündung. Das Körpersystem ist aber nach vollbrachter Arbeit in der Lage, sein T-ZellenGleichgewicht wiederherzustellen.

Wenn die Balance zwischen TH1 und TH2 langfristig oder gar chronisch gestört ist, dann kommt es zu gesundheitlichen Problemen.
Ein Mangel an TH2 kann vermehrt zu

Autoimmunerkrankungen wie Diabetes Typ-1, Hashimoto[6] oder Multipler Sklerose führen. Zudem leiden Menschen mit niedrigen TH2-Werten häufiger als andere an Schuppenflechte, Depressionen, Kontaktdermatitis, einer Überempfindlichkeit der Haut auf bestimmte Stoffe, oder Morbus Crohn, einer Darmkrankheit. Der Mangel an TH1 hingegen, eine unmittelbare Folge von chronischem Stress und einem dauerhaft gestiegenen Cortisolwert, kann zu erhöhter Entstehung von Allergien und Hauterkrankungen sowie Nahrungsmittelunverträglichkeiten im Allgemeinen führen. Ein niedriger TH1-Wert fördert die Entstehung von Tumoren, Krebs, HIV, Candida-Infektionen und bringt unser psychisches Gleichgewicht ins Wanken. Häufig führt das außerdem zum chronischen Erschöpfungssyndrom sowie zu rheumatischen Schmerzzuständen.

Bewegen wir uns also regelmäßig, ist unser Leben bestimmt von positiver Kommunikation und haben wir Freude an der Teilnahme am Leben, wird unser Cortisol im Körpersystem reduziert, Serotonin erhöht sich und dieser Zustand hält unsere T-Zellen im Gleichgewicht. Glück und Gesundheit hängen folglich unmittelbar miteinander zusammen.

Bewegung macht glücklich. Glück und Gesundheit gehören zueinander. Bewegung macht also gesund.

---

[6] **Hashimoto** ist eine Erkrankung unseres Autoimmunsystems. Sie führt zu einer chronischen Entzündung der Schilddrüse, welche Folgeerkrankungen nach sich zieht.

Vor Kurzem schilderte mir ein Bekannter einen Bericht, den er im Fernsehen gesehen hatte. Es ging um einen Vergleich von Menschen, die unter verschiedenen Bedingungen abnehmen sollten oder durften. Die Teilnehmer wurden in drei Gruppen eingeteilt. In der ersten Gruppe wurde das Vorhaben in Kooperation miteinander umgesetzt. In der zweiten Gruppe wurde ein Wettbewerb erzeugt, jeder nahm gegen jeden ab. In der dritten Gruppe bekam jeder Teilnehmer isoliert von den anderen den Auftrag entgegen, abzunehmen. Nun frage ich Sie, welche Gruppe, glauben Sie, hatte am Ende den größten Erfolg beim Abnehmen? Die Gemeinschaft, die Konkurrenten oder die isolierten Einzelkämpfer? Es war – ganz klar, sagen sicher auch Sie – diejenigen der ersten Gruppe. Denn Gemeinschaft, positives Sozialverhalten, wenig Druck und Belohnung durch Freundschaft und gegenseitiges Anspornen, senkt den Cortisol-Spiegel und erhöht die Produktion von Serotonin. Der Bedarf an Energie, also die Speicherung von Fetten und Zucker bleibt stabil niedrig, das Stoffwechselsystem ist dauerhaft normal angeregt, das Immunsystem ist nicht überlastet. Zudem spielen neben den Schleifen der Wirkungskette von Neurohormon- und Immunreaktionen auch noch andere körpereigene Systeme eine Rolle, auf die ich im späteren Verlauf des Buches eingehen werde.

STECKBRIEFE

In diesem Mittelteil des Buches haben Sie nun die Gelegenheit, sich mein Zelle-Mensch-Welt-Modell genauer anzusehen.

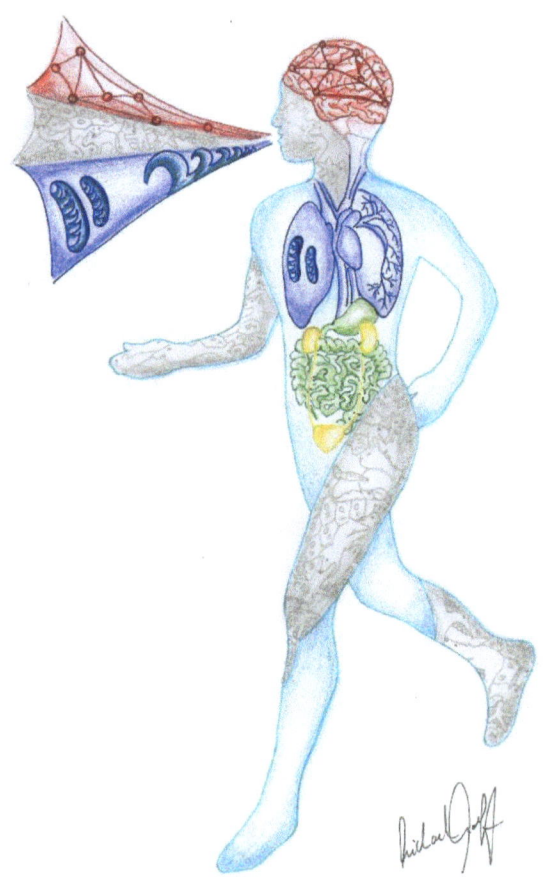

Drei Steckbriefe: Zellmembran, Haut und Ozonschicht

Zellmembran

Die Zellmembran ist überlebenswichtig, weil sie die Zelle vor osmotischem Druck und Zerstörung schützt und gleichzeitig die Interaktion mit ihrer unmittelbaren Umgebung und Fortbewegung durch Osmose und Molekularfluss fördert.

Größe zwischen 5 und 10 Nanometern (= 0,000005 bis 0,00001 Millimeter)

Gewicht unbekannt

Aussehen kann im Mikroskop nur vage als Linie erkannt werden.

Lebensraum um jede Zelle herum

Merkmale Die Zellmembran ist eine Doppel-Lipidschicht, d.h. eine Schicht aus zwei Schichten, die beide nach außen gerichtet sind - sie sind wasseraufnahmefähig für das Zellinnere und den extrazellulären Raum, "hydrophil", aber wasserabweisend für ihr eigenes Zentrum "hydrophob". Dadurch hat die Membran die Möglichkeit, halbdurchlässig zu sein, so dass nur bestimmte Stoffe eindringen können. Die Membran kann somit gewährleisten, dass nur erlaubte Substanzen aufgenommen und freigesetzt werden. Zu den wichtigen Aufgaben der Zellmembran gehören der Stoffaustausch zwischen der Zelle und ihrer Umgebung, die Beteiligung an der interzellulären Interaktion und der Energiegewinnung sowie der Schutz der Zelle.

Haut

Die Haut umgibt und schützt uns und lässt uns leben. Es hält unser Innerstes nach innen und unsere Umgebung nach außen.

Größe 1,7 Quadratmeter, je nach Höhe

Gewicht 10-14 kg

Aussehen das schwerste und größte Organ unseres Körpersystems, Form unseres Körpers.

Lebensraum um uns herum, auf der Oberfläche des menschlichen Körpers.

Merkmale Die Haut hat etwa 2,5 Millionen Schweißdrüsen. In der Armbeuge befinden sich 750 von ihnen, doppelt so viele wie in der Handfläche und viermal so viele wie auf der Stirn. Wenn wir gesund sind, hat unsere Haut einen pH-Wert von 5,5. Die Haut dient als Schutz vor Temperaturschwankungen - wie z.B. Schweißbildung bei Überhitzung des Systems, vor Umwelteinflüssen - wie Infektionen oder Sonneneinstrahlung. Darüber hinaus dient es als Sinnesorgan. Auf diese Weise nimmt es Zug- und Druckbelastung, Lageveränderungen, Hitze, Kälte, Schmerzen und andere sensorische Erfahrungen wahr. Gleichzeitig ist die Haut mit Nervenenden durchzogen und kann so die wahrgenommenen Reize auf unser Gehirn übertragen. Schließlich findet auch ein Stoffaustausch statt, der das Körpersystem im Gleichgewicht hält.

Ozonschicht

Die Ozonschicht begann sich vor mehr als 3 Milliarden Jahren zu bilden, als Sauerstoff, ein gasförmiges Molekül, in die Stratosphäre eintrat und sich mit dem Ozon vermischte. Der resultierende Ozon-Sauerstoff-Kreislauf bildete eine gasförmige, zirkulierende Ozonschicht, die die Erde vor Strahlung schützt und den lebenserhaltenden Zustand der Erdatmosphäre sicherstellt. Das Leben außerhalb des Wassers wurde jedoch erst vor etwa 1 Milliarde Jahren möglich, zu einer Zeit, als es in der Stratosphäre genug Ozon gab.

Größe unendlich

Gewicht unbekannt

Aussehen wir können bei genauer Beobachtung in der Dämmerung etwas sehen, denn unmittelbar nach Sonnenuntergang oder vor Sonnenaufgang hat der Himmel eine "andere" blaue Farbe als der Rest des Tages. Außerdem ist ein Bogen sichtbar, ein blaugrauer Streifen, welches auf Ozon in seiner Absorptionswirkung zurückzuführen ist.

Lebensraum um die Erde in einer Höhe von 15 bis 30 Kilometern befindet sich das Spurengas Ozon (O3); das liegt in der unteren Stratosphäre und schließt sich an die Erdatmosphäre an

Eigenschaften Die Ozonschicht schützt die Erde vor UVStrahlung und sorgt für eine lebensspendende und entwicklungsfähige Zusammensetzung der Erdatmosphäre. Das Ozonmolekül entsteht durch die Kombination des Luftsauerstoffs und des energetischsten Atoms des Sonnenlichts, UV-C. Ozon absorbiert die Sonneneinstrahlung und wird gespalten, um dann wieder Ozon zu bilden. Es gibt einen Zyklus der Spaltung und des Umbaus.

Drei Profile: Mitochondrien, kardiopulmonale Zirkulation, Ozean.

Mitochondrien

Das Mitochondrium ist das sogenannte "Kraftwerk der Zelle". Es initiiert die "Synthese" von ATP- und EisenSchwefel-Clustern und liefert dadurch dauerhaft Energie. Es hat dabei eine weitere wichtige Funktion, denn es hält so die interzelluläre Zirkulation intakt.

Größe ca. 1µm (= 0,001 mm) lang

Gewicht unbekannt

Aussehen kommt in verschiedenen Formen vor

Lebensraum im Zytoplasma, umgeben von zwei Membranen

Merkmale Zwischen zwei Häuten, von denen eine das Innere des Mitochondriums umgibt und eine weitere an jene Intermembran angrenzt, befindet sich der sogenannte "Matrixraum". Im Matrixraum finden wir die genetische Information, die wir auch Mitochondrien-DNA oder die mtDNA nennen. Sie fungiert als autonome Organelle. Daher können Mitochondrien sich unabhängig vom Zellzyklus teilen. Die mtDNA ist zirkulär und stammt wahrscheinlich aus der Migration eines Bakteriums in einen Vorläufer der eukaryontischen Zelle. Die äußere Membran der Mitochondrien dient dem Stoffaustausch und dem Schutz der Zelle. Sogenannte Purine, spezielle Transmembranproteine, die wichtige Proteine der Atmungskette sind, können die Membran passieren, wichtige Substanzen aufnehmen und wieder abgeben.

Kardiopulmonales (Herz-Lungen-)Kreislaufsystem

Wir beschreiben das kardiopulmonale Kreislaufsystem als das "Kraftwerk des Körpers". Es sichert das Überleben aller anderen Funktionen des Körpers durch den Transport von Sauerstoff in das System und den Abtransport von CO_2 aus dem System heraus. Darüber hinaus ist ein Nebeneffekt der konstanten Aktivität die Möglichkeit des Stoffaustausches auf allen Ebenen des Körpersystems. Der Kreislauf sorgt somit über die Homöostase für ein Gleichgewicht im Körper.

Größe Herz - Größe einer menschlichen Faust; Lunge - ca. 80-120 m² - gerechnet mit 400 Millionen Alveolen

Gewicht Herz - ca. 300 Gramm; Lunge - ca. 1 Kilogramm

Aussehen Herz - ein Hohlorgan mit einem rechten und einem linken Vorhof und einer rechten und einer linken Herzkammer; Lungen - zwei Hälften, eine linke, kleine Lunge, die aus zwei Lappen und einer rechten, großen Lunge besteht, die aus drei Lappen besteht.

Lebensraum Herz - in der Mitte (etwas weiter links als rechts) des Thorax, das sogenannte "Mediastinum", hinter dem Brustbein und direkt vor der Luftröhre und über dem Zwerchfell. Lunge - umgibt das Herz von rechts und links, wird vom Skelett des Brustkorbes mit all seinen Rippen umrahmt, seine untere Grenze ist das Zwerchfell.

Merkmale Das Herz schlägt etwa 100.000 Mal am Tag, was bedeutet, wenn wir 100 werden, hat es 3,6 Milliarden Schläge in unserem Leben gemacht. Das Kreislaufsystem verfügt über ein Netzwerk von 150.000 Kilometern Blutgefäßen. Die Lunge ist von zwei Häuten umgeben, genau wie das Mitochondrium. Wir nennen sie "Blätter", das innere Blatt, das viszerale Pleura und das äußere Blatt, das parietale Pleura. Zwischen den beiden Häuten befindet sich ein sehr enger Spalt, der sogenannte Pleuraraum, ähnlich der mitochondrialen Matrix. Die Flüssigkeit in diesem Raum hilft der Lunge, sich in der Atembewegung zu bewegen. Der kardiopulmonale Kreislauf dient der Versorgung der Organe und des Gewebes mit Sauerstoff. Gleichzeitig werden Abfallstoffe wie Kohlendioxid entfernt.

Ozean

Der Ozean ist für die Welt, was die Zirkulation für den Menschen ist, ein sehr beständiger und rhythmischer Prozess, bei dem Nährstoffe aus der Tiefe des Meeres an die
Oberfläche des Wassers abgegeben werden und somit das Gleichgewicht der gesamten Atmosphäre erhalten bleibt. Wir könnten es das "Kraftwerk der Welt" nennen.

Größe Ozeane bedecken etwa 71 Prozent der Erdoberfläche und können eine Tiefe von bis zu 11 Kilometern erreichen.

Gewicht unbekannt

Aussehen blau (der blaue Planet)

Lebensraum Die bedeckten Teile der Erdoberfläche mit Ozeanen werden Hemisphären genannt, die fünf Ozeane der Erde sind die Arktis, der Atlantik, der Indische Ozean, der Pazifik und der Südliche Ozean.

Merkmale Das Wort "Ozean" stammt von den Griechen und hat die Bedeutung eines "Erdstroms, der die Scheibe der Erde umläuft", abgeleitet von der alten Gottheit Okeanos. Die wichtigste Funktion des Ozeans ist seine Interaktion mit der Atmosphäre. Es geht um den ständigen Austausch von
Substanzen und die Aufnahme von CO_2 des Ozeans aus der Atmosphäre sowie den kontinuierlichen Austausch von Energie und Wärme zwischen den beiden. Mit seinen Meeresströmungen nennen wir den Ozean den "Fördergurt der Nährstoffe", und in Bezug auf schmelzende Gletscher und andere Vorkommen steht er sofort im regelmäßigen Austausch mit der Erdoberfläche. Ozean und Atmosphäre interagieren, um das gegenseitige Gleichgewicht in Bezug auf Energie- und Wärmebilanz aufrechtzuerhalten. Das bedeutet, dass immer Energie und Wärme an dasjenige System abgegeben wird, das derzeit weniger als das andere hat. Je nach Jahreszeit und Sonneneinstrahlung verteilen das Meer oder die Atmosphäre dem jeweils weniger energieintensiven oder kälteren ihre Ressourcen. Je kälter der Ozean ist desto mehr CO_2 aus der Atmosphäre kann er aufnehmen. Drei Profile: Golgi-Apparat, Immun- und Verdauungssystem, Erdoberfläche.

Golgi-Apparat

Der Golgi-Apparat ist die „Müllabfuhr" der Zelle. Er sammelt Schadstoffe innerhalb der Zelle und gibt sie an die extrazelluläre Matrix ab. Zudem bildet er Lysosomen, die eine Rolle im Stoffwechsel und im Verdauungssystem spielen.

Größe von drei bis 100 Dictyosomen (mit einer Größe von etwa 1 Mikron im Durchmesser)

Gewicht unbekannt

Aussehen ein Konstrukt aus 3 bis 8 - je nach Zelltyp bis zu 100 - zusammengesetzten Hohlräumen (Dictyiosomen).

Lebensraum in der Zelle in der Nähe des Zellkerns, mit dem sie sogar teilweise durch tubuläre Proteine verbunden sind, unweit des endoplasmatischen Retikulums, was die Zusammenarbeit erleichtert

Merkmale Bei näherer Betrachtung weist der Golgi-Apparat eine gekrümmte Form auf, die sich aus der Funktion ergibt. Es ist konvex zum endoplasmatischen Retikulum, vergrößert somit seine Oberfläche und fördert den Stoffaustausch und ist konkav zur Zellmembran. Der GolgiApparat hat mehrere Aufgaben. Zum einen sorgt er mit der Bildung von so genannten Lysosomen für den Abbau und mit der Bildung bestimmter Senderhormone für die Sekretion von nicht-zellulären Substanzen aus der Zelle in den extrazellulären Raum. Auf der anderen Seite liefert der Golgi-Apparat nützliche Substanzen und Proteine, die der Zelle helfen zu überleben.

Immunsystem und Verdauungstrakt

Unser Immunsystem und Verdauungstrakt, können ebenso wie der Golgi-Apparat als „Müllabfuhr" bezeichnet werden. Sie liefern die notwendigen Bakterien, um wichtige Abwehrstoffe zu bilden und Abfälle zu entsorgen.

Größe Magen - etwa 20 Zentimeter lang; Der Darm als Ganzes umfasst 8 Meter Länge.

Gewicht ca. 2 Kilogramm bei einem Fassungsvermögen von ca. 1,5 Liter.

Aussehen viele lange Schlangen, die sich ineinander gerollt haben

Lebensraum Magen - im linken Oberkörper direkt unter der Leber und angrenzend an die Bauchspeicheldrüse; Darm - darunter, hinter den schützenden Bauchmuskeln, fast die gesamte Fläche der Körpermitte bedeckend

Merkmale Der Magen nimmt Nahrung auf und baut sie ab, indem er Magensaft, Pepsin und Magensäure produziert. Die Säure ist so korrosiv, dass sie sogar Metall zersetzen kann. Der Magen selbst muss dann mit der Magenschleimhaut geschützt werden. Wenn die Nahrung zu einem Saft, dem sogenannten "Chymus", verarbeitet wurde, gelangt sie durch den "Gatekeeper" des Magens in den Darm. Der Chymus gelangt zunächst in den Dünndarm, der mit speziellen Zellen, den sogenannten "Enterozyten", arbeitet, die Flüssigkeiten, Amino- und Fettsäuren, Zucker und Vitamine trennen und über das Blut an den Körper weitergeben. Darüber hinaus hat der Dünndarm mit seiner Schleimhaut auch die Fähigkeit, das Immunsystem im Allgemeinen zu unterstützen. Der Dickdarm hat eine noch wichtigere, spezifische Immunfunktion. Die Darmflora weist Kolonien von bestimmten Lymphozyten auf, die als "lymphatische Follikel" bezeichnet werden. Sie identifizieren Viren und Bakterien und bekämpfen sie, indem sie Zytokine freisetzen, die Antikörper produzieren.

Erdoberfläche / Boden

Die Erdoberfläche (oder der Boden) vergärt natürliche Abfälle, die die Welt nicht mehr braucht, und nimmt sie dann auf. Danach überträgt sie die Materie und behält, was sie braucht und gibt den Rest in die Atmosphäre ab. Auf der einen Seite kann die Erdoberfläche ebenso als die „Müllabfuhr" der Welt bezeichnet werden, auf der anderen Seite liefert sie Nährstoffe, damit Lebewesen auf ihr wachsen und gedeihen können.

Größe 510 Millionen Quadratkilometer

Gewicht unbekannt

Aussehen die elliptische Form unserer Erde

Lebensraum das Geoid der Erdoberfläche ist zu 29 Prozent sichtbar, der Rest, 71 Prozent, ist von Ozeanen bedeckt

Merkmale Eine der Besonderheiten ist das Auftreten von Wasser an der Erdoberfläche, das in Wechselwirkung mit ihr als Voraussetzung für den Ursprung des Lebens gilt. Die Erdoberfläche mit ihrem Mineraliengehalt bietet alles an, was auf ihr wächst und lebt, um Überleben im weitesten Sinne zu sichern. Sie ist ständig mit dem Meer und der Erdatmosphäre verbunden und kann die gesamte ihr überlassene organische Substanz bis in ihre Tiefen verarbeiten und "verdauen".

Drei Profile: endoplasmatisches Retikulum,
Entgiftungssystem, Erdatmosphäre.

Endoplasmatisches Retikulum

Das endoplasmatische Retikulum (ER) funktioniert wie eine
Qualitätskontrolle von Proteinen und behält, was es
braucht, in der Zelle. Der Rest wird an die extrazelluläre
Flüssigkeit abgegeben. Das ER dient damit zum einen der
Hormonsynthese sowie der Speicherung eventuell benötigter
Substanzen und zum anderen der Entgiftung des
intrazellulären Bereichs.

Größe oft mehr als die Hälfte einer ganzen Zelle

Gewicht unbekannt

Aussehen ein Labyrinth, das aus vielen miteinander
verbundenen Rohren besteht, dies sind Rohre und Blasen, die
als Zisternen bezeichnet werden, und die von der Mitte des
endoplasmatischen Retikulums ausgehen wie Tentakeln eines
Oktopusses

Lebensraum verbindet sich seine Membran direkt mit dem
Zellkern zu einem sogenannten "morphologischen
Kontinuum"

Merkmale Es gibt die raue ER und die glatte ER. Das
endoplasmatische Retikulum ist ein dynamisches System,
das sich ständig weiterentwickelt und erneuert. Das
endoplasmatische Retikulum kontrolliert die Qualität der
intrazellulären Proteine und gibt sie zur
Weiterverarbeitung oder Ausscheidung frei. Darüber hinaus
speichert die ER Kalzium, das eine wichtige Funktion für die
Signalweiterleitung und Muskelkontraktion hat. Das
endoplasmatische Retikulum der Muskelzelle wird SR,
"sarcoplasmatisches Retikulum" genannt, weil die
Muskelzellen Sarkom genannt werden.

Entgiftungssystem

Im Entgiftungssystem, das aus Blase, Niere, Milz und Bauchspeicheldrüse besteht, geht es darum, das Gleichgewicht der Basensäure aufrechtzuerhalten und den bestehenden internen Stoffwechsel des Körpers auszugleichen.

Größe Blase - abhängig von der Menge, die sie enthält, im Durchschnitt kann sie etwa 550 Milliliter halten und im Notfall sogar bis zu 800 Milliliter Flüssigkeit aufnehmen; Nieren - je nach Gesundheit des Menschen etwa 10 - 15 Zentimeter; Milz - ungefähr so groß wie eine flache Hand; Bauchspeicheldrüse - fast 20 Zentimeter lang und mit einem Durchmesser, der bis zu 3 Zentimeter Größe wachsen kann.

Gewicht Blase - abhängig von der Menge, die sie enthält; Nieren - etwa 150 Gramm pro Stück; Milz - ca. 150 Gramm; Bauchspeicheldrüse - ungefähr 100 Gramm

Aussehen Blase - wie eine Schale mit einer Röhre darunter; Nieren – bohnenförmig (Kidneybean); Milz - strukturiert wie eine Kaffeebohne; Pankreas - Form wie ein Keil

Lebensraum Die Blase liegt im kleinen Becken direkt hinter dem Schambein, der Symphyse. Der obere Teil der Blase ist über den Harnleiter mit den Nieren verbunden, die links und rechts von der Lendenwirbelsäule lokalisiert werden können. Die Milz befindet sich oberhalb der linken Niere und knapp unterhalb des Zwerchfells. Die Bauchspeicheldrüse liegt angrenzend an die Milz und ist mit dem Zwölffingerdarm verbunden.

Merkmale Der Entgiftungszyklus beginnt mit der Reinigung des Blutes in den Nieren und dem Transport der gefilterten Giftstoffe durch die Harnleiter als Urin zur Blase. Die Blase speichert zunächst den Urin und transportiert dann alle Verunreinigungen wie Harnsäure, Kreatin, Bikarbonat, Chloride, Kalium und Natrium aus dem Körper. Die Milz ist mit einer anderen Form der Ausscheidung verbunden. Sie bildet Lymphozyten und Monoxide, entsorgt alte Erythrozyten und Blutplättchen und entfernt sie über die Niere. Darüber hinaus ist es am Immunsystem beteiligt und bekämpft unbekannte Substanzen. Die Bauchspeicheldrüse unterstützt den Prozess der Identifizierung von Giftstoffen mit Hilfe ihrer Verdauungsenzyme, die Proteine, Kohlenhydrate und Fette trennen. Darüber hinaus ist sie für die Bildung von Insulin und Glykogen für den Blutzuckerhaushalt verantwortlich.

Erdatmosphäre

Die Atmosphäre um uns herum, auch "Troposphäre" genannt, ist die Luft, die wir einatmen und ausatmen. Sie versorgt uns und andere Lebewesen mit Sauerstoff. Pflanzen erhalten durch sie CO2 in Kombination mit anderen benötigten gasförmigen Stoffen. Gleichzeitig wirkt die Atmosphäre wie ein Filter und schützt die Erde vor Vergiftungen.

Größe unbekannt / ein seltenes, wichtiges Gut, das mitverantwortlich für unsere Existenz ist.

Gewicht Das Gesamtgewicht der Erdatmosphäre beträgt nur ein Millionstel dessen, was die Erdmasse ausmacht und drei Hundertstel der Ozeanmasse.

Aussehen Wenn wir nach oben schauen, können wir Wolken, den Rauch der Schornsteine und den blauen Himmel sehen.

Vorkommen Die sogenannte Troposphäre liegt direkt unter der Stratosphäre, in der sich die Ozonschicht in einer Höhe von 8 bis 17 Kilometern rund um den Globus befindet.

Merkmale Die gasförmige Atmosphäre um uns herum kann sich in der Nähe unserer Erde befinden, denn auch die kleinen Teile in der Luft haben ein gewisses Eigengewicht und werden daher durch die Schwerkraft in der Nähe der Erde gehalten. Wäre dies nicht der Fall, würden alle Komponenten der Luft durch Diffusion in den Raum verschwinden. Lebende Dinge hätten dann nicht die Möglichkeit zu atmen und zu überleben. Die Atmosphäre bietet Schutz und Energie und hält den Sauerstoffgehalt der Erde in einem stabilen Gleichgewicht.

Drei Profile: Zellkern, Gehirn, Kommunikationsstrukturen
von Lebewesen

Zellkern (DNA)

Der Zellkern gibt der Zelle ihre Identität, sagt ihr, ob sie zu
einem bestimmten Organ, Muskel oder anderem Gewebe
gehört, sorgt dafür, dass sie sich von anderen unterscheidet
und aus dem gleichen genetischen Material wie die anderen
besteht.

Größe zwischen 5 und 16 Mikrometern (in der menschlichen
Zelle)

Gewicht unbekannt

Aussehen eine kugelförmige oder ovale Form, abhängig von
der Funktion der Zelle

Lebensraum im Zytoplasma der eukaryontischen Zelle (eine
lebende Zelle, die einen eigenen Zellkern hat)

Merkmale Das Besondere am Zellkern ist seine DNA. Die
DNA ist der "Code unseres Lebens". Als Doppelhelix mit den
Komponenten Adenin (A), Thymin (T), Guanin (G) und
Cytosin (C) entstehen Texte aus 3,3 Milliarden Buchstaben,
deren Kodierung durch die Art und Weise, wie wir fühlen
und handeln, veränderbar ist. Der Zellkern ist das
Kontrollzentrum der Zelle in Form von Chromosomen, der
DNA. Alle Stoffwechselvorgänge innerhalb der Zelle werden
von Botenmolekülen des Kerns, der "RNA", organisiert.
Darüber hinaus ist der Kern, mit der Kernteilung oder
"Mitose" für die Zellproliferation und mit der "Meiose" für
den Aufbau von X- und Y-Chromosomen verantwortlich.

Gehirn

Unser Gehirn ermöglicht es uns einerseits, ein Individuum zu sein und andererseits, an einer Gemeinschaft teilzunehmen. Es ist der entscheidende Teil, um in unserem Denken und Handeln anders zu sein als bei anderen Menschen. Dabei kommunizieren und interagieren wir miteinander in ähnlichen Denkstrukturen, Mustern und Wertesystemen. Die Nervenzellen sind wie Autobahnen oder Kommunikations- und Informationsbahnen, über die Signale ausgetauscht werden. Durch sie nehmen wir Reize auf und kontrollieren Bewegungen, Gesten und Mimik. Das Gehirn ist für das Denken und Handeln unerlässlich.

Größe ein durchschnittliches Gehirn ist etwa 15 Zentimeter lang

Gewicht ca. zwischen 1.200 und 1.400 Gramm bei einem Erwachsenen

Aussehen Das Gehirn besteht aus Hirnstamm, Zwischenhirn, Kleinhirn und Großhirn und hat eine Form wie eine Walnuss.

Lebensraum Das Gehirn selbst befindet sich im Kopf, aber seine neuronalen Bahnen sind im gesamten Körpersystem verknüpft, und Informationen werden beispielsweise vom kleinen Zeh auf das Zwerchfell an das Ohr übertragen. Das zentral gesteuerte, periphere Nervensystem verläuft vom Gehirn über das Rückenmark durch alle Strukturen des aktiven und passiven Bewegungsapparates bis zur Haut.

Merkmale Das Gehirn besteht aus etwa 20 Milliarden Nervenzellen und 100 Billionen Synapsen. Die Entfernung der Nervenbahnen durch unser System beträgt etwa 145 Umlaufbahnen um die Erde, 5,8 Millionen Kilometer. Beim Energieverbrauch ist das Gehirn sehr anspruchsvoll und benötigt täglich etwa ein Viertel unseres Energiebudgets. Deshalb steigt unser Appetit bei Stress, vor allem für Zucker, denn Zucker verspricht die schnellste Umwandlung in benötigte Energie. Das Gehirn ist für die Erfassung, Speicherung, Verarbeitung und Übertragung von Sinneseindrücken und Informationen verantwortlich und koordiniert unsere Gefühle, Gedanken und Handlungen

Kommunikationsstrukturen des Menschen

Pflanzen, Tiere und Menschen können kommunizieren - auch über weite Strecken. Pflanzen nutzen Luft, Boden und Wasser. Sie können im Laufe der Zeit Informationen über den Klimawandel und Naturkatastrophen austauschen, um ihr Überleben zu sichern. Tiere kommunizieren mit visuellen, akustischen und chemischen Signalen. Sie tun dies durch Farbe, Form, Ausdruck, durch Geräusche sowie Pheromone und Duftmarken. Menschen kommunizieren mit Mimik, Gestik, Bewegung und Geräuschen und auch mit Hilfe von Technik. Unsere sozialen Strukturen lassen uns kommunizieren, Informationen austauschen und Gruppen identifizieren, deren Werte, Überzeugungen und Verhaltensweisen mit unseren übereinstimmen. Wir treffen diese Gruppen von Menschen auf der ganzen Welt. Die Weiterentwicklung der Technologie ermöglicht es uns, schnell und einfach mit anderen Menschen zusammenzukommen.

Größe unbekannt

Gewicht unbekannt

Aussehen nicht beschreibbar (wie ein riesiges Kunstwerk mit so vielen Verbindungen, dass kein Bild zu erkennen ist)

Lebensraum Das Internet, unser primäres Kommunikationssystem der heutigen Gesellschaft, ist auf der ganzen Welt vertreten, unter und über der Erdoberfläche

Merkmale Das Besondere ist wahrscheinlich das gesamte Kommunikationssystem der Welt selbst, welches der Mensch geschaffen hat. Es kann alle Informationen fast überall und in jeder beliebigen Weise übertragen. Wie Informationen verstanden und interpretiert werden, ist jedoch nicht bekannt. Das liegt nach wie vor in unserer eigenen Verantwortung. Wir sammeln Informationen, werten sie aus, speichern sie und geben sie weiter. Wir können sie filtern, offen verbreiten und Missverständnisse, Unterschiede sowie Gemeinsamkeiten schaffen. Wir finden Freunde und beteiligen uns an Diskussionen, die uns reflektieren, denken und fühlen lassen. Der sorgfältige Umgang mit der neuen Technologie ist wichtig, denn wir entscheiden selbst, welche Informationen wir glauben wollen und welche nicht.

Drei Profile: Zytoplasma, Stoffwechsel-System, Lebewesen.

Zytoplasma (Zytoskelett)

Das Zytoplasma ist die der Zelle innewohnende Flüssigkeit und füllt diese mit Interaktion zwischen den wirbelnden Proteinen und den Zellorganellen sowie dem Zytoskelett, mit Leben. Es entsteht ein Zusammenspiel, durch das alle Organellen gemeinsam das Gleichgewicht innerhalb einer Zelle sicherstellen und wiederum mit den benachbarten Zellen als funktionelle Einheit einer Gewebestruktur interagieren.

Größe so groß, um das Innere einer Zelle zu füllen.

Gewicht unbekannt

Aussehen ein Netzwerk von kleinen, mobilen Proteinen, die in Filamenten vorkommen.

Lebensraum überall im gesamten Zellinneren.

Merkmale Aufgrund ihrer strukturellen Vielfalt sind Proteine an jedem Prozess im Körper beteiligt. Im Körpersystem finden wir über 100.000 verschiedene Proteine, die sich jedoch innerhalb einer Zelle in drei Klassen einteilen lassen: Aktinfilamente, Intermedialfilamente und Mikrotubuli. Die Proteine des Zytosplasmas sind nicht nur für ihr Zellgleichgewicht verantwortlich, sondern auch für die Kommunikation und Interaktion, zum Beispiel für den Transport von Substanzen innerhalb der Zelle, die Signalübertragung zwischen den Zellen und die Bewegung der Zelle selbst. Jedes kleine Filament erfüllt eine Funktion für die vergleichsweise große Systemzelle.

Stoffwechselsystem (und Dreifach-Erwärmer)

Das Stoffwechselsystem des Körpers ist wie die Kommunikationszentrale eines Systems. Alles fließt reibungslos und konsistent und das Gleichgewicht bleibt erhalten oder wird wiederhergestellt. Der Dreifacherwärmer, die als eine Art innerer Leibwächter fungiert, begleitet Substanzen. Es arbeitet mit der Leber und ihrer Gallenblase zusammen, die die Speicherung und Freisetzung von Energie sicherstellen. Dennoch wirkt sich das Stoffwechselsystem als solches wahrscheinlich auf den gesamten Organismus aus.

Größe Gallenblase - ca. 6-10 cm lang und bis zu 4 cm breit; Leber - die größte Drüse des Körpers (ca. 25x15x11 cm)

Gewicht Gallenblase - ca. ein paar 100 Gramm; Leber - 1,5 bis 2 Kilogramm

Aussehen Gallenblase - Form einer Birne; Leber - keilförmig

Lebensraum Der Großteil der Leber befindet sich im rechten Oberbauch. Sie liegt unter der Membran, ist direkt mit ihr verbunden und bewegt sich daher mit jedem Atemzug. Die Gallenblase liegt unterhalb der Leber, neben dem Duodenum. Dem Dreifacherwärmer ist keinem Organ zugeordnet. Es ist ein Meridian, der die Funktion verschiedener Organe, nämlich Lungen, Herz, Magen, Milz, Blase, Niere, Leber, Dünndarm und Dickdarm steuert.

Merkmale Der Dreifacherwärmer arbeitet in Verbindung mit der körpereigenen Energie, dem "Chi". Es hat seinen Namen, weil es aus drei Teilen besteht. Der obere Erwärmer, der auf Herz und Lunge wirkt, der mittlere Erwärmer, der Magen und Milz erwärmt, und der untere Erwärmer, der den Darm im Gleichgewicht hält. Die Hauptfunktion von Gallenblase und Leber in Kombination mit dem Dreifach-Erwärmer ist die Organisation des metabolischen Gleichgewichts unseres Körpers. Gallenblase und Leber regulieren den Stoffwechsel von Zucker und Fett, während der Dreifacherwärmer es ermöglicht, alles im Körper auszugleichen.

Lebewesen der Welt

Was das Zytoplasma für die Zelle und das Stoffwechselsystem für den Körper ist, ist wahrscheinlich das Leben für die Welt. Leben bedeutet alles, was lebt. Menschen, Tiere, Pflanzen und jede Zelle. Alles, was lebt, kommuniziert und interagiert. Deshalb vergleiche ich das Zytoskelett mit dem Leben, mit dem Lebensraum und den Lebewesen.

Größe unbegrenzt (Verändert sich stetig durch Geburt und Tod)

Gewicht unbegrenzt (Verändert sich stetig durch Geburt und Tod)

Aussehen Lebendige Dinge sind bunt, beweglich, dick und dünn, groß und klein; sie sehen alle unterschiedlich aus und sind sich doch so ähnlich.

Lebensraum die ganze Welt, zu Lande, zu Wasser und in der Luft.

Merkmale Die Besonderheit von uns Lebewesen ist unsere Anpassungsfähigkeit an alle Lebensbedingungen, unsere Vielfalt gepaart mit unserem Gleichmut, unserer Intelligenz und unserer Intuition, unsere Fähigkeit, mit unserer Umgebung und uns selbst zu kommunizieren und zu interagieren. Die Fähigkeit, mitfühlend und achtsam miteinander umzugehen, unterstützt auch das Überleben als solches.

DIE KÖRPER-GESCHICHTE VON HEIKE

Meine Patientin Heike ist Hausfrau und Mutter von vier Kindern, ihr Mann hat einen stressigen Beruf als Unternehmensberater, ist selten daheim und steht unter enormem Druck. Die beiden haben sich ihrem stressigen Alltag untergeordnet. Heike verfügt über ein stark ausgeprägtes Ausatem-Muster und ein sehr geringes Einatem-Muster. Das macht sich auch in ihren Erzählungen bemerkbar. Sie macht und gibt alles, wirkt dabei hyperaktiv und bemuttert Kinder und Ehemann, gleichzeitig ist sie ungeduldig und immer genervt von anderen. Die beiden Muster in dieser Kombination kommen häufig vor und sorgen für Spannungen im Körper, vor allem die Wirbelsäule leidet, besonders der Thorakolumbale Übergang von der Lendenwirbelsäule in die Brustwirbelsäule. Das ständige Wechselspiel der Gefühle und die Schmerzen sorgen für einen chronischen Stress.

Als sie zu mir kam, litt sie seit einer Weile schon unter unerträglichen Schmerzen im gesamten Körper und war häufig krank. Als ich ihr empfahl, zum Yoga zu gehen, sich täglich eine Stunde abzuseilen und spazieren zu gehen oder einen Meditationskurs zu machen und ihr gleichzeitig von Psychosomatik und der Gefahr eines Zusammenbruchs berichtete, wurde sie wütend auf mich und verließ die Praxis. Sie habe wirklich nicht die Zeit, sich mit solchem Quatsch zu beschäftigen.

Einige Wochen später rief sie wieder bei mir an. Sie sei in einer Klinik, habe einen Zusammenbruch erlitten und sei nun in Behandlung. Sie würde nun wissen, worauf ich hinauswollte, als ich damals warnte. Nun wolle sie regelmäßig mit mir zusammenarbeiten, sobald sie wieder daheim sei. Sie wolle lernen ihr Körpersystem zu beachten und die Zeichen, die der Körper aussendet, zukünftig bewusst anzunehmen.

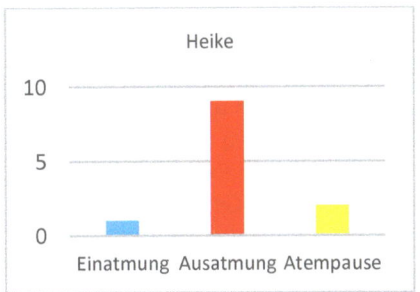

Heike

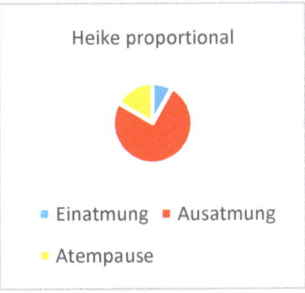

Heike proportional

Heike ist nach einigen Monaten wieder bei mir. In der Psychotherapie hat sie sehr viel gelernt, geht achtsamer mit sich selbst und ihren eigenen Bedürfnissen um. Wir haben beschlossen, in die Aktivität zu gehen und bedacht dabei zu sein. Wir suchen Yoga-Übungen aus, sie geht regelmäßig spazieren und ich zeige ihr Atemtechniken. In Stress-Situationen neigt sie noch immer zum alten Verhaltensmuster, ihr neuer Ist-Zustand ist im Allgemeinen jedoch viel besser. Heute sieht die Bewegungsanalyse im Vergleich zu den ersten Auswertungen balancierter aus. Zudem ist der Dauerschmerz nicht mehr so präsent. Dies ist ein Beispiel, das die Wechselwirkung von Körper und Geist beschreibt. Arbeit an der Seele und am Geist verändert auch die körperliche Situation.

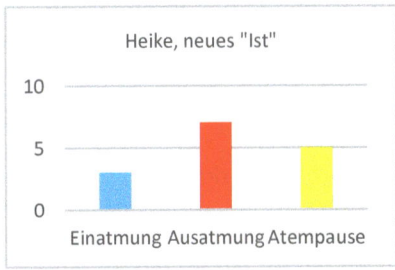

Heike, neues "Ist"

Heike, neues "Ist"

Heikes und andere ähnliche Geschichten erfordern einen genaueren Blick auf unser limbisches System, denn es arbeitet unterbewusst und intuitiv, um uns am Leben zu erhalten. Es interagiert dabei zwar mit unserem Bewusstsein, ist aber in chronischen Stresszuständen fortwährend damit beschäftigt, uns über die ihm bekannten alten Muster vor Gefahr zu schützen, was den Effekt des bewussten Umdenkens und Neulernens blockiert. Gefahr hat heutzutage eine andere Bedeutung als noch zu Beginn unserer Entwicklung. Deshalb kommt es im Fall von Heike zur Überbelastung vom gesamten geistigen und seelischen System bis hin zum Zusammenbruch.

Das limbische System ist für unsere Emotionen und unser Triebverhalten zuständig Hier findet die Produktion, Freigabe und Verarbeitung von Neurohormonen statt. Hier werden unser Schlaf, Lust, Aggression, Sexualität, der gesamte Hormonhaushalt und unsere Reflexe gesteuert. Hier reagieren wir als erstes intuitiv auf Schmerz, Angst, Wut und auf alle möglichen anderen Gefahren unseres Lebens.

Zum Funktionskreis des limbischen Systems gehören Schaltstellen, wie

- die Amygdala, die die emotionale Kontrolle lebenswichtiger Funktionen, Erkennung von Gefahr und unsere Vernunft steuert,
- die Basalganglien, unterschiedliche Kerne, die unter anderem unsere Spontanität, Affekthandlung, Initiative, den Willen und den Antrieb unterstützen,
- der dazugehörige nucleus accumbens, der Kern, der zur Bedürfnisbefriedigung beiträgt,
- der Riechkolben, bulbus olfactorius, der Geruchsinformation verarbeitet, bevor sie uns bewusst wird,
- der Hippocampus welcher unsere gegenwärtige Aufmerksamkeit, die Neurogenese und unsere

Gedächtnisleistung steuert,

-   der Thalamus, unser Tor zum Bewusstsein,
-   die Insula, ein noch nicht gänzlich erforschtes Gebiet des unterbewussten Gehirns, dem unter anderem nachgesagt wird, unser Liebes- und Lustempfinden mit Hormonausschüttung zu unterstützen und
-   die Epiphyse, unsere Zirbeldrüse, die unter anderem mit Melatonin für unseren Schlaf-Wach-Rhythmus zuständig ist und wahrscheinlich auch für die Produktion eines Stoffs namens Dimethyltriptamin (DMT), der halluzinogene Wirkung hat und uns neuartige Gedankenstrukturen und Empfindungen kreieren lässt.

Alle diese Schaltstellen nehmen Informationen auf, bewerten sie und geben sie an die entsprechenden Stellen des Körpersystems weiter.

Das limbische System ist nicht funktionell vom Bewusstsein abgegrenzt und interagiert ständig mit dem Neocortex, der Großhirnrinde unseres Gehirns. Das bedeutet, dass eine ständige Rückkoppelung stattfindet zwischen Lebenserhaltungstrieb und Vernunft. Dieser Rückkoppelungsmechanismus ist im gesunden System sehr förderlich und unterstützt uns dabei, durch Erfahrungen zu lernen und neue Verhaltensmuster anzueignen. Wir nennen diesen Prozess auch Selbstregulation. In einem chronischen Stresszustand führt dieses Feedback-System zu Problemen, denn das limbische Zentrum schüttet dann vermehrt und unkoordiniert Neurohormone wie Vasopressin, Noradrenalin und Cortisol aus, die die Impulsivität steigern, das Immunsystem unterdrücken, den Blutdruck erhöhen und die Neurogenese, die Bildung neuer Nervenzellen, teilweise blockieren.

Aus diesem Grund sind einige psychosomatische Störungen, wie zum Beispiel die Unfähigkeit, emotionale Situationen einschätzen zu können, Depression, Angstzustände, Gedächtnisstörungen sogar autistische Züge auf das limbische System und seine Wechselwirkung mit dem Bewusstsein zurückzuführen. Hierbei ist es allerdings bisher noch immer schwierig, dem limbischen System allein die Störungen zuzuordnen, denn auch hier sprechen wir von einer Wirkungskette.

Wenn wir in die Aktivität des Körpersystems gehen, wie in Heikes Fall, langsam und bedacht, können wir den Neurohormonhaushalt insofern beeinflussen, als dass er das limbische System wieder zum Teamplayer machen und unser Empfinden von reeller und unbegründeter Angst schärfen kann. Negative Glaubenssätze, die momentan Gefahr für das eigene System bedeuten, können so langsam verändert werden, die Komfortzone hat die Möglichkeit, sich zu entfalten und wir selbst werden gelassener und resilienter.

WENN DER KÖRPER UNS WARNT – PSYCHOSOMATIK

Unser Organismus, der lebendige und sich bewegende Körper, ist also die Grundlage dessen, was wir sind. Ohne den Aufbau der einzelnen symbiotisch aufeinander abgestimmten Moleküle, Zellen, Gewebe und immer greifbaren Strukturen, wie Knochen, Organe, Muskeln und Haut würden wir nicht aussehen, wie wir aussehen, uns nicht bewegen, wie wir uns bewegen und verfügten nicht über die überlebenswichtigen Funktionen wie zum Beispiel Verdauung, Herz-Lungen-Kreislauf und Nervensystem.

Der ganzheitliche Gedanke des Einflusses einer Bewegung, einer Körperempfindung, eines Gefühls findet infolgedessen nicht ausschließlich seine Begründung darin, dass eine Reaktion im Körper über TH1 oder Cortisol passiert. Der Körper wird vielmehr zur Basis unserer ganzheitlichen Entwicklung vom Gefühl und der Empfindung von physischen Sensationen und Bedürfnissen hin zu Gedanken und Emotionen, also geistigen wie seelischen Gegebenheiten unseres Menschseins. Hierin begründet sich der Begriff der Psychosomatik.

> „Was ist der Körper, wenn das Haupt ihm fehlt?"
>
> William Shakespeare.

Psychosomatik beginnt dort, wo unser limbisches System, das Unterbewusstsein, mit unserem Neocortex, dem Bewusstsein, zu kommunizieren beginnt. Sie beschreibt, was unser Bewusstsein mit unseren körperlichen Informationen macht. Es ist die bewusste Fähigkeit, auf physische Vorgänge und Gefühle zu reagieren, indem wir diese erkennen, benennen und mit ihnen umgehen. Unser Nervensystem ist ein System zur Interaktion zwischen der Umwelt und dem Körper. Körpersprache ist das Medium, das uns dabei hilft, dieses Wechselspiel mit Sinn zu erfüllen.

Psychosomatik ist somit mehr als Neurohormone, die durch die Aktivität des limbischen Systems plötzlich ausgeschüttet werden. Sie entsteht über eine Wechselwirkung dessen, was das Körpersystem aussendet an Sensationen. Am Ende stehen Bedeutung und Bewertung dessen, was wir glauben, im Gespürten zu verstehen.

Ausdrücken können wir das, was wir uns ausdenken über vegetative Reaktionen, Gestik, Mimik, Körperhaltung, Bewegungsabläufe sowie auch durch Geräusche, Sprache und Stimmfarbe.

Hier sind wir wieder bei Redewendungen, die teilweise schon Jahrhunderte – vielleicht Jahrtausende alt sind – wie zum Beispiel: „Ich kann jemanden nicht riechen, mir sitzt der Schreck in den Gliedern, mir bleibt die Spucke weg, jemand geht mir auf die Nerven, ich werde blass vor Neid, das Herz bleibt stehen, etwas geht in Fleisch und Blut über, es verschlägt mir die Sprache, ich habe Schmetterlinge im Bauch, etwas bleibt mir im Hals stecken, ich lasse den Kopf hängen", oder „Ich mache mir vor Angst in die Hose."

Sehr schade finde ich, dass der Begriff Psychosomatik so negativ konnotiert ist. Denn erst einmal hat er nichts mit Krankheit per se zu tun. Psychosomatik ist lediglich ein Bewertungs- und Informationsinstrument für uns selbst im Umgang mit uns selbst und unserer Umwelt. Es gibt uns über einen Vorgang Bescheid und lässt uns selbst den Raum, auf eine uns beliebige Weise damit umzugehen. So wie ich es in der folgenden Geschichte tat, welche ein weiterer Einschnitt meines Lebens in die Richtung war, in der ich bis heute unterwegs bin.

Nachdem ich eine Weile als Physiotherapeutin gearbeitet hatte, suchte ich nach einer Methode, die mir eine neue Perspektive auf die Arbeit mit meinen Patienten eröffnen würde, und entdeckte Rolfing. Die Methode des Rolfing ist eine Behandlungstechnik, die sich ganzheitlich mit dem Bewegungsapparat des Menschen beschäftigt, genauer gesagt, mit dem Fasziensystem.

Als ich mit der Rolfing-Ausbildung fast fertig war, merkte meine damalige Chefin, die Inhaberin einer Physiotherapie-Praxis, dass ich anders arbeitete, gut zahlende Patienten anzog und mit dem klassischen PraxisAlltag schwer haderte. Deshalb bot sie mir an, zukünftig einen Raum bei ihr zu mieten, um meiner Selbständigkeit nachgehen zu können, dennoch aber Teil der Praxis zu bleiben. Eine Aussicht, die sich wunderbar für mich anfühlte, denn ich könnte so meinen Arbeitstag nach meinem eigenen Gusto gestalten, müsste mich nicht nach neuen Räumen umsehen, hätte alle Utensilien, die ich bräuchte, weiterhin zur Verfügung und die Patienten hätten keine Unannehmlichkeiten, weil sie plötzlich woanders hinfahren müssten. Als meine Kolleginnen von diesem Angebot unserer Chefin erfuhren, wurde allerdings alles anders, als ich es mir vorgestellt hatte. Es herrschte sowieso schon eine Weile schlechte Stimmung, denn die Patienten mochten meine andere Art der Arbeit mit ihnen und ihren Strukturen sehr und wünschten sich oft eine
Behandlung von mir anstelle der anderen im Team. Meine Kolleginnen machten mich also zur Ursache ihres Problems. Sie gingen sehr unfreundlich mit mir um, brachten die Praxisinhaberin dazu, ihr Angebot zurückzuziehen und luden mich nicht mehr auf Teamevents ein.

Ich steckte fest, hatte keine Ressourcen und weder den Mut, die finanziellen Mittel, das Selbstbewusstsein noch einen genügend großen Patientenstamm, um einfach zu gehen. Noch dazu gab es eine Familie, die zu ernähren und mit Zeit und Liebe zu versorgen war. Ich war (und bin) grundsätzlich ein sehr gesunder Mensch, wie ich finde. Nur zu dieser Zeit war ich es nicht. Ich litt in diesen Monaten chronisch an einer Nasennebenhöhlenentzündung, die mich nicht daran hinderte weiterzuarbeiten, die mir aber jegliche Lust am Leben nahm. Deshalb war ich regelmäßig bei meiner Allgemeinärztin und sie sagte eines Tages, sie wolle mir keine Medikamente mehr aufschreiben, ich müsse mich nun endlich der Psychosomatik stellen.

Kurz: ich hätte die Nase von etwas voll. Sie fragte mich bis ins kleinste Detail aus und erfuhr, was in der Praxis los war, was mich belastete und was die chronische Nasennebenhöhlenentzündung verursachte. Sie empfahl mir, mich von dem zu lösen, von dem ich die Nase voll hätte und schon wäre ich wieder gesund. Ich solle also einfach kündigen. Ungläubig und demotiviert fing ich an zu weinen, ihr meine Ressourcen-Lage zu schildern und sie zu fragen, wie sie denn glaubte, dass ich mich von dieser Abhängigkeit lösen könne.

Das Wunderbare nahm seinen Lauf. Meine Ärztin, der ich bis heute dankbar bin, bot mir für die Mittwoch- und Freitagnachmittage gegen eine sehr geringe Miete ihre Praxisräume an. Sie versorgte mich von sich aus mit Patienten und als ich nach weniger als einem Monat schon an beiden Nachmittagen voll war und immer mehr Patienten auf der Warteliste standen, wagte ich den Schritt aus der Anstellung in der Praxis. Ich fand einen Raum in der Nähe, kaufte mir eine gebrauchte Massageliege, widersetzte mich aller Gegenwehr meiner Familie und machte mich selbständig. Dass die Nase schon seit einer ganzen Weile frei war, bemerkte ich erst, als mich meine Ärztin darauf hinwies. So beschäftigt war ich damit, mich mit mir, meinem Optimismus und der Vision einer eigenen Praxis auseinanderzusetzen.

Seit dieser Zeit hatte ich nie wieder eine Nasennebenhöhlenentzündung. Und das ist mittlerweile schon fast acht Jahre her. Psychosomatik ist seitdem eines meiner Lieblingswörter.

Es gibt einen Satz, den ich in jedem Gespräch, das ich führe, mindestens einmal anbringe. Den ich am liebsten in jedem Artikel, den ich verfasse an den Anfang und den Schluss in abgewandelter Form schreiben würde. Ihn als Sprayer an den Berliner Hauptbahnhof so anbringen würde, dass er jedem, der daran vorbeifährt für immer im Gedächtnis bleibt. Die, die mich kennen, sind diesen Satz vielleicht schon über. Die anderen haben keine andere Wahl, als ihn jetzt zu lesen: „Danke Situation, Du bist mein Coach." Abgewandelt wird immer nur das Wort „Situation". Es kann also „Danke Fehler", „Danke Problem" oder auch – aus angebrachtem Anlass – „Danke Psychosomatik, Du bist mein Coach" heißen. Das Erkennen von Warnzeichen, der achtsame Umgang mit der Verbindung des psychischen mit dem physischen Wohlbefinden kann uns und unser Umfeld das eine oder andere Mal vor größeren Schäden bewahren.

AKTIVES ZUHÖREN – DER ACHTSAME UMGANG MIT KÖRPER-SPRACHE

Lassen Sie mich zurück auf die Frage kommen, ob Sie schon einmal Gift und Galle gespuckt haben. Oder ob Sie wissen, wie es ist, wenn Liebe durch den Magen geht. Sie merken sicher sofort, dass selbst in der Einleitung zu den Organ-Körper-Wirkungsketten unterbewusst schon unsere Psyche mitschwingen durfte. Wie schon gesagt, nehmen wir Organe gerne als Metaphern für unseren Gemütszustand her.

Gehen wir nun auf die psychosomatische Komponente ein, die den Organen zugrunde liegt. Auch hier können wir uns quer über den Globus, durch verschiedene Kulturen und medizinische Erkenntnisse der Welt bewegen und finden für diese Funktionskreise mehr als nur einen Anhaltspunkt.

Die Wirkungsketten des Körper-Geist-Seele-Systems beinhalten und beeinflussen neben den Organen unter anderem auch Gelenke, Nerven, Muskeln, den Hormonhaushalt, den Stoffwechsel, das Immunsystem sowie unser Denken. Und auch hier gilt: Ist einer der Faktoren chronisch in einer belasteten oder ungesunden Situation, beeinflusst er die anderen automatisch und die Wirkung ähnelt der eines angestoßenen Dominosteins in einem sauber aufgebauten Muster. Einer wird angestoßen und alle fallen um. Es ist eine ständige Wechselwirkung in jedwede Richtung möglich.

Wirkungskette Magen und Milz mit Bauchspeicheldrüse.

Der Magen steht neben der körperlichen Wirkungskette zusätzlich im Zusammenhang mit Zufriedenheit, Einfühlung, Harmonie, Geduld, Frieden, Heiterkeit und Gelassenheit. Wenn das System Magen in einem seiner Wirkungsketten-Bestandteile einer chronischen Belastung ausgesetzt ist, kann es auf der psychischen Ebene zu Enttäuschung, Bitterkeit, Gier, Leere, Übelkeit, Zweifel, Angst, Mitleid, Verbitterung, Appetitlosigkeit oder Sorge kommen. Affirmationen, die den Magen betreffen, sind: Ich bin zufrieden, Ich bin gelassen, Ich bin in Harmonie mit mir.

Meine Freundin Marie hat eine lange Leidenszeit hinter sich. Sie hatte multiple Probleme, es begann mit Nahrungsmittelunverträglichkeiten und Hautproblemen, sie nahm unaufhörlich zu, obwohl sie ständig Diäten ausprobierte, litt unter Gemütsschwankungen, konnte sich nicht mehr konzentrieren wie früher, veränderte sich zu einer missgünstigen und ängstlichen Person und verlor an Selbstbewusstsein. Zudem kamen undefinierbare wechselnde Schmerzen in der Schulter, der gegenüberliegenden Hüfte und im Kopf- und Kieferbereich hinzu. Außerdem war sie ständig krank, steckte sich immer wieder irgendwo an und ihr Immunsystem war so schwach, dass sie jedes Mal mindestens zwei Wochen krank im Bett lag. Ich persönlich war hilflos und meine Versuche, ihre Schmerzen über die Arbeit am Körpersystem und über Gespräche unter Freundinnen zu lindern, waren nicht zielführend. Uns fiel jedoch bei gemeinsamen Abendessen auf, dass sie Schwierigkeiten mit dem Gluten- und Zuckerstoffwechsel hatte, was uns den Anlass gab, einmal genauer auf das Verdauungssystem zu schauen. Nachdem wir mit Zettel und Stift eine Liste an Stichpunkten zusammengestellt hatten, fiel es uns wie Schuppen von den

Augen. Es war die Wirkungskette der Milz und der Bauchspeicheldrüse.

Auf der Liste standen die Symptome, unter denen sie litt:

1. *Schwaches Selbstbewusstsein*
2. *Dicke Beine (Venenschwäche?)*
3. *Gewichtszunahme bei disziplinierter Ernährung*
4. *Selbstmitleid*
5. *Stimmungsschwankungen*
6. *Gedächtnisprobleme*
7. *Ständige Kopfschmerzen, Kieferschmerzen wegen Zähneknirschen*
8. *Zynismus*
9. *Oft und lange krank*
10. *Insgesamt müde und erschöpft / Burn-Out?*

Marie und ich suchten im Internet nach einem Arzt, und fanden einen in München, der Ernährungswissenschaftler und Psychiater war. Er stellte unter anderem eine GlutenUnverträglichkeit fest und sprach von einem InsulinUngleichgewicht. Es war tatsächlich ein Zusammenhang zwischen der Bauchspeicheldrüse und ihrer Wirkungskette gegeben. Ich passte meine Behandlung an die Bauspeicheldrüsenthematik an, der Arzt verpflichtete Marie zu einer neuen Ernährung, und zwar einer ketogenen[7]. Und zusätzlich klebte sich Marie auf alle Spiegel und Schränke in ihrer Wohnung ihre sich selbst ausgedachten, zu Milz und Bauchspeicheldrüse passenden Affirmationen, wie zum Beispiel: „Ich vertraue mir selbst." oder „Ich bin stark.".

---

[7] *Ketogene Ernährung ist eine kohlenhydratarme, protein- und energiebilanzierte und deshalb fettreiche Form der Ernährung, die unser System in einen Zustand versetzt, in dem der Körper sich nur noch aus Fett und daraus im Körper aufgebautem Glukoseersatz ernährt. Eine ketogene Diät wird oft als Therapieverfahren eingesetzt.*

Seitdem sind zwei Jahre vergangen. Im Restaurant essen wir immer zusammen ketogen. Mir macht es nichts aus und bei ihr erkenne ich, wie gut es ihr geht. Marie kommt nicht mehr in die Behandlung. Wir treffen uns lediglich noch zu guten Gesprächen und schönen Ereignissen.

Die Milz und die Bauchspeicheldrüse stehen neben der körperlichen Wirkungskette zusätzlich in Zusammenhang mit Vertrauen in die Zukunft, Gewissheit, Selbstbewusstsein, Berücksichtigung, Einfühlung, Zutrauen und Zuversicht. Wenn das System Milz / Bauchspeicheldrüse in einem seiner Wirkungsketten-Bestandteile einer chronischen Belastung ausgesetzt ist, kann es auf der psychischen Ebene zu Gleichgültigkeit, Angst vor der Zukunft, Entfremdung, Zynismus, Mitleid, Neid, Gemütsschwankungen, Vergesslichkeit oder mangelnder Konzentrationsfähigkeit kommen. Affirmationen, die die Milz und Bauchspeicheldrüse betreffen, sind: Ich glaube und vertraue auf mich, ich fühle mich sicher, meine Zukunft ist sicher, die Süße des Lebens ist in mir.

Wirkungskette Herz und Dünndarm.

Das Herz steht neben der körperlichen Wirkungskette zusätzlich im Zusammenhang mit Liebe, Selbstvertrauen, Selbstachtung, Vergebung, Mitgefühl und Sicherheit. Wenn das System Herz in einem seiner Wirkungsketten-Bestandteile einer chronischen Belastung ausgesetzt ist, kann es auf der psychischen Ebene zu emotionaler Unruhe, Zorn, Nervosität, Schlaflosigkeit, Ärger, Selbstzweifel, Unsicherheit, Hass und Übereifer kommen. Affirmationen, die das Herz betreffen, sind: Ich liebe, ich werde geliebt, ich verzeihe, ich vergebe, mein Herz ist versöhnlich gestimmt.

Unser Körper und unser Geist gehören zusammen. In der Meditation lernen wir, dass unser Körper sich beruhigt, sobald wir unseren Geist beruhigen. Im Alltag merken wir, dass die Aufmerksamkeit zunimmt, sobald wir uns bewegen. In beidem merken wir die Wechselwirkung, nämlich, dass positive Gedanken eine schöne körperliche Ausstrahlung verursachen und dass wir viel optimistischer sind, wenn wir uns in unserer Haut wohlfühlen.

Ich meditiere zweimal am Tag für zwanzig Minuten. Erst neulich war ich mal wieder in einem Meditationskurs. Wir meditierten in der Gruppe und tauschten danach jeweils unsere Erfahrungen untereinander aus. Sybilla, eine 37jährige junge Frau war zu Beginn eine sehr nervöse und unsichere Person, der es an Selbstsicherheit fehlte. Sie hatte große Probleme mit einem Arbeitskollegen. Die beiden waren sich spinnefeind, wie sie sagte und sie konnte vor Unwohlsein kaum in die Arbeit gehen. Nach einer der Meditationssitzungen ging sie ins Büro und berichtete am folgenden Tag glücklich von ihren Erfahrungen. Die positiven Schwingungen, die sie aus der Meditation mitgenommen hatte, wirkten sich direkt auf ihren Kollegen aus. Sie begegnete ihm positiv und selbstsicher, ihr Herz war versöhnlich gestimmt und sie gewann seine Zuneigung. Diese herzöffnende Erfahrung wirkte sich auf die gesamte Situation von Sybilla aus. Sie wurde ruhiger und konnte, wie durch ein Wunder in der Nacht plötzlich durchschlafen.

Der Dünndarm steht neben der körperlichen Wirkungskette zusätzlich im Zusammenhang mit Freude, Gelassenheit, Geduld, Selbstbewusstsein und Akzeptanz. Wenn das System Dünndarm in einem seiner Wirkungsketten-Bestandteile einer chronischen Belastung ausgesetzt ist, kann es auf der psychischen Ebene zu Traurigkeit, Leid, Erschütterung, Nervosität, Psychosen oder Überforderung kommen. Affirmationen, die den Dünndarm betreffen, sind: Ich bin voller Freude, ich hüpfe vor Freude, ich nehme mich an wie ich bin.

Wirkungskette Blase und Niere.

Die Blase steht neben der körperlichen Wirkungskette
zusätzlich in Zusammenhang mit Frieden, Entschlossenheit,
innerer Führung, Zuversicht und Mut. Wenn das System
Blase in einem seiner Wirkungsketten-Bestandteile einer
chronischen Belastung ausgesetzt ist, kann es auf der
psychischen Ebene zu Konzentrationsschwäche, Frigidität,
Ruhelosigkeit, Ungeduld, Frustration, Schreckhaftigkeit,
Panik und wirren Träumen kommen. Affirmationen, die die
Blase betreffen, sind: Ich bin friedvoll, ich bin in Frieden
mit mir, ich bin ausgeglichen, ich bin ruhig, ich habe mein
Gleichgewicht wiedergefunden, ich bin voller Zuversicht.

Die KÖRPERGESCHICHTE VON JÖRG

*Jörg war ein Klient mit starken Rückenschmerzen und
einem wiederkehrenden Hexenschuss. Sein Iliosakralgelenk
[8]blockierte von Zeit zu Zeit und so kam er zu mir. Jörg
stand vor einigen Herausforderungen seines Lebens, sein
Beruf machte ihm keinen Spaß mehr und er überlegte, ob
die Frau, die er im Begriff war zu heiraten, die richtige für
ihn war. Sie hatte ihn gefragt und weil er nicht nein sagen
wollte, hatte er mit ja geantwortet.*

*Als er zu mir kam, bemerkte ich seine kaum vorhandene
Aktivität in der Sagittalebene. Ich schaute bewusst alle
Bereiche des Körpersystems an, aber selbst in den Armen
war kaum etwas zu erkennen. Als er sich auf der Liege
befand, bemerkte ich, dass die verminderte Bewegung sich
auch im Muskeltonus wiederspiegelte. Zudem passte sie
perfekt zu den Erzählungen, seinen Beruf und sein
Privatleben betreffend. Der Befund, der von den
Erzählungen her auf ein Ungleichgewicht der*

---

[8] Das Iliosakralgelenk ist die gelenkige Verbindung zwischen
dem Kreuzbein und dem Darmbein, also links und rechts im
unteren Rücken.

Wirkungskette Niere schließen ließ, bestätigte sich nicht nur durch die Unsicherheit, Entscheidungsschwäche und Passivität, die er ausstrahlte. Auch die körperlichen Details passten ins Bild. Der thorakolumbale [9]Übergang war wenig mobil und Piriformis [10]sowie Iliopsoas [11]erschienen mir von stark erhöhter Muskelspannung.

Die kommenden Wochen waren eine Mischung aus Körperarbeit an der Liege, aus Selbstbildverbesserung durch Affirmationen und Strategieentwicklung bezüglich der beruflichen Situation und Bewegung. Wir gingen zusammen walken, etwas, was er sich wegen der ständigen Rückenschmerzen nicht zugetraut hatte. Die private Situation war kein Thema unserer gemeinsamen Arbeit, aber ich wurde bald als Walking-Partnerin von seiner zukünftigen Frau abgelöst. Jörg entschied sich also für die Ehe, er blieb an seinem Arbeitsplatz, nachdem er dort zielstrebig, selbstsicher und strukturiert für eine andere Grundeinstellung und Positionierung im Team gesorgt hatte und war nach kurzer Zeit schmerzfrei.

---

[9] Der thorakolumbale Übergang ist der Übergang von der Brustwirbelsäule in die Lendenwirbelsäule.

[10] Der priformis ist ein kleiner, unser sogenannter birnenförmige Muskel im Gesäß, der die zu den tiefen Hüftmuskeln gehört.

[11] Der Iliopsoas ist ein aus urprünglich zwei Muskeln gebildeter Muskel. Er besteht aus dem Psoas, einem tiefen Bauchmuskel seitlich von der Wirbelsäule und dem iliacus, dem Muskel, der für die Hüftbeugung zuständig ist und über den Beckenkamm geht.

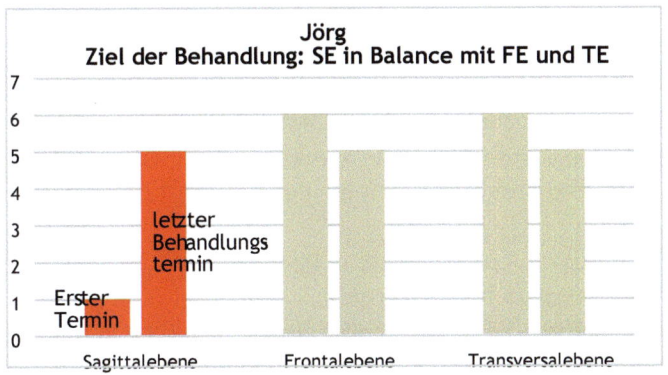

Jörg ist ein schönes Beispiel dafür, dass es die Mischung aus Körper, Geist und Seele ist, die uns dem eigenen Denken und Handeln achtsam begegnen lässt und wir dadurch sogar nachhaltige Schmerzfreiheit erreichen können.

Seine Geschichte war eine von vielen, die mir bewusstgemacht haben, dass unsere Bewegungsmuster in engem Zusammenhang mit unseren Wirkungsketten der Organe sowie mit unseren Glaubenssätzen stehen. (In Jörgs Fall: Sagittalebene: „Ich bin stark", „Ich schaffe es", „Ich erreiche meine Ziele" „Ich bin fokussiert" kombiniert mit Niere: „Ich entscheide mich", „Ich bin sicher in mir", „Ich habe Urvertrauen").

- Sagittalebene: „Ich bin stark", „Ich schaffe es", „Ich erreiche meine Ziele" „Ich bin fokussiert"
- Frontalebene: „Ich bin strukturiert", „Ich habe alles im Griff", „Ich habe jedes Detail bedacht"
- Transversalebene: „Ich bin anerkannt in der Gesellschaft", „Ich akzeptiere mich" „Ich bin liebenswert", „Ich gehöre dazu"
- Einatmung: „Ich nehme gerne Dinge an"
- Ausatmung: „Ich gebe gerne"
- Atempause: „Ich finde zu mir selbst", „Ich ruhe in mir"
- Ground: „Ich nehme die Situation an", „Ich schlage Wurzeln", „Ich bin voller Zuversicht"
- Core: „Alles ist in Ordnung", „Ich bin gelassen", „Ich weiß, was ich kann", Ich bin selbstsicher"
- Space: „Ich bin aktiv", „Ich kann etwas", „Ich bin beliebt"

Die Niere steht neben der körperlichen Wirkungskette zusätzlich in Zusammenhang mit sexueller Sicherheit, Entschlossenheit, Loyalität, schöpferischer Sicherheit und Optimismus. Wenn das System Niere in einem seiner Wirkungsketten-Bestandteile einer chronischen Belastung ausgesetzt ist, kann es auf der psychischen Ebene zu Stress, Lustlosigkeit, Phobie, Leichtsinn, Nachlässigkeit, Pessimismus, Ablehnung von Selbstverantwortung und Rechthaberei kommen. Affirmationen, die die Niere betreffen, sind: Ich bin sicher in mir, meine sexuellen Kräfte sind im Gleichgewicht, ich entscheide mich, ich bin kreativ, ich habe Urvertrauen.

Wirkungskette Perikard und Dreifacherwärmer
(Sexualorgane und Schilddrüse).

Die Sexualorgane stehen neben der körperlichen
Wirkungskette zusätzlich im Zusammenhang mit
Entspannung, Großzügigkeit und Entsagung. Wenn das
System Sexualorgane in einem seiner
WirkungskettenBestandteile einer chronischen Belastung
ausgesetzt ist, kann es auf der psychischen Ebene zu
Eifersucht, sexueller Spannung, Starrköpfigkeit, Ablehnung
der Vergangenheit und Hysterie kommen. Affirmationen,
die die Sexualorgane betreffen, sind: Ich lasse die
Vergangenheit los, Ich bin entspannt, mein Körper ist
entspannt, Ich bin großzügig, Ich genieße die Stille in mir.

Die Schilddrüse (und Nebenschilddrüse) steht neben der
körperlichen Wirkungskette zusätzlich in Zusammenhang mit
Hoffnung, Leichtigkeit und Ausgeglichenheit. Wenn das
System Schilddrüse in einem seiner
WirkungskettenBestandteile einer chronischen Belastung
ausgesetzt ist, kann es auf der psychischen Ebene zu
Depression, Einsamkeit, Verzweiflung, Hoffnungslosigkeit,
Abgeschiedenheit kommen. Affirmationen, die die
Schüldrüse betreffen, sind: Ich bin leicht und beschwingt, Ich
bin voller Hoffnung und Zuversicht, Ich bin ausgeglichen, Ich
habe Spaß.

Wirkungskette Gallenblase und Leber.

Die Gallenblase steht neben der körperlichen
Wirkungskette zusätzlich in Zusammenhang mit Liebe,
Verehrung, Bewunderung, Motivation und Stolz. Wenn das
System Gallenblase in einem seiner
WirkungskettenBestandteile einer chronischen Belastung
ausgesetzt ist, kann es auf der psychischen Ebene zu Wut,
Jähzorn, Langeweile, Ziellosigkeit, selbstgerechter
Empörung,
Unruhe und Impulsivität kommen. Affirmationen, die die
Gallenblase betreffen, sind: Ich gehe liebevoll auf andere
zu, ich gehe versöhnlich auf andere zu, ich bin motiviert,
ich bin stolz auf mich.

*Habe ich Ihnen schon gesagt, dass ich ein Bachblüten-Fan
bin? Ein bekennender zudem. Ich kenne alle achtunddreißig
und bin nie um einen Tipp verlegen, wenn Bekannte mich
um Rat fragen. Ich, als Lebertyp, wie Sie bereits wissen,
neige zu Momenten der Unzufriedenheit, zu Wut und Zorn.
„Heiliger Zorn" wird mein
Gemütszustand oft von Freunden genannt. Und obwohl ich
reflektiert damit umzugehen versuche, passiert er mir
zwischendurch immer wieder. Dann kommen sie zum
Einsatz, meine Bachblüten, die ich zu jeder Zeit bereit
weiß. Meine Favoriten in Zeiten des Heiligen Zorns sind die
Folgenden:*

*Nummer 3 „Beech" - Die Toleranzblüte: Bewährt bei
Kindern, die viel nörgeln und denen man nichts recht
machen kann.*

*Nummer 6 „Cherry Plum" - Die Gelassenheitsblüte: Bewährt
bei Menschen, die vor Wut auch schon einmal Geschirr
zertrümmern.*

Nummer 26 „Rock Rose" – Die Eskalationsblüte

Bewährt bei Kindern, die leicht Herzklopfen und feuchte Hände bekommen. Rock Rose ist auch ein Bestandteil der sogenannten „Rescue-Tropfen".

Wenn ich Ihnen nun alle achtunddreißig aufzählte, würde es Sie vermutlich langweilen, deshalb belasse ich es bei diesen dreien und ermutige Sie selbst, sich bei möglichen Gelegenheiten damit auseinanderzusetzen.

Die Leber steht neben der körperlichen Wirkungskette zusätzlich im Zusammenhang mit Glücksgefühl, Verantwortung, Verwandlung und Zufriedenheit. Wenn das System Leber in einem seiner Wirkungsketten-Bestandteile einer chronischen Belastung ausgesetzt ist, kann es auf der psychischen Ebene zu Wut, Unzufriedenheit, Zorn, Feindseligkeit, Reizbarkeit, Eifersucht und Gemütsschwankungen kommen. Affirmationen, die die Leber betreffen, sind: Ich bin glücklich, ich habe Glück, Ich bin fröhlich, ich übernehme Verantwortung für mich, ich bin zufrieden.

Wirkungskette Lunge und Dickdarm.

Die Lunge steht neben der körperlichen Wirkungskette zusätzlich im Zusammenhang mit Toleranz, Offenheit, Bescheidenheit und Demut. Wenn das System Lunge in einem seiner Wirkungsketten-Bestandteile einer chronischen Belastung ausgesetzt ist, kann es auf der psychischen Ebene zu Melancholie, Depression, sich in Trauer verlieren, Verachtung, falschem Stolz oder Intoleranz kommen. Affirmationen, die die Lunge betreffen, sind: Ich bin demütig, ich bin bescheiden, ich freue mich, ich bin offen für alle Möglichkeiten.

Der Dickdarm steht neben der körperlichen Wirkungskette zusätzlich in Zusammenhang mit Befreien, Selbstwert, Barmherzigkeit, Mitgefühl und Begeisterung. Wenn das System Dickdarm in einem seiner WirkungskettenBestandteile einer chronischen Belastung ausgesetzt ist, kann es auf der psychischen Ebene zu Festhalten an Altem, Schuldgefühl, Depression, Apathie oder einem schwachen Gedächtnis kommen. Affirmationen, die den Dickdarm betreffen, sind: Ich bin von Grund auf rein und gut, Ich bin es wert geliebt zu werden, Ich bin voller Begeisterung, Ich bin frei.

MEHR ALS KOMMUNIKATION – DIMENSIONEN DES LEBENS

BEWEGUNGSEBENEN

Wir Menschen bewegen uns mehrdimensional. Ein Teil der Bewegung betrifft die Sagittal-, die Frontal- und die Transversalebene, und die Kombination dieser drei. Sie sind gut in der Gangbildanalyse wahrzunehmen. Jeder von uns hat bestimmte Körperbereiche, in denen mehr Bewegung stattfindet und andere, die er kaum benutzt. Das kann sehr viele unterschiedliche Gründe haben. Von körperlichen Beschwerden über Erziehung bis hin zu dem Berufsbild, das wir seit einer Weile ausüben.
Bewegungsebenen sind, wie alles andere, ganzheitlich zu betrachten, denn sie drücken mehr als andere Analysemuster aus, was wir in den Momenten der Bewegung gerade denken, wonach wir streben oder woran wir glauben.

Wer sich in der Sagittalebene bewegt, ist im Moment der Bewegung fokussiert und zielstrebig, aktiv, entscheidungsfreudig und selbstbewusst. Wer im Vergleich über eine sehr stark ausgeprägte Nutzung der Bewegung in der Sagittalebene verfügt, wirkt egozentrisch, eigen und rücksichtslos. Wer im Vergleich über eine sehr geringe Nutzung der Bewegung in der Sagittalebene verfügt, wirkt unsicher, passiv, unstrukturiert und entscheidungsschwach.

Beispiele für Bewegungen in der Sagittalebene sind die Fußheberaktivität und die Abdruckphase beim Gehen, die Knieflexion und -extension, also seine Beugung und Streckung, die Kippung und Aufrichtung des Beckens, die

Bewegung der Wirbelsäule in Flexion und Extension, der Schwung der Arme, die Bewegung des Ellbogens in Flexion und Extension, die Bewegung des Fokussierens der Augen, die Nickbewegung des Kopfes sowie die Kaubewegung.

Wer sich in der Frontalebene bewegt, ist im Moment der Bewegung strukturiert, nachdenklich, strategisch, abwägend. Wer im Vergleich über eine sehr stark ausgeprägte Nutzung der Bewegung in der Frontalebene verfügt, wirkt abwesend, lethargisch, schwerfällig, nervös, grüblerisch, hin- und hergerissen. Wer im Vergleich über eine sehr geringe Nutzung der Bewegung in der Frontalebene verfügt, wirkt gedankenlos, unstrukturiert, kopflos und schusslig.

Einige Beispiele für die Frontalebene sind die Hüft- / Beinbewegung in die Seite weg von oder hin zur Körpermitte, Abduktion und Adduktion, die Lateroflexion, also Seitneigung der Wirbelsäule auf allen Ebenen oder ein Schulterheben bei Bewegung sowie ein seitliches Schwanken des Körpers insgesamt.

Wer sich in der Transversalebene bewegt, ist im Moment der Bewegung empathisch, mitfühlend, anpassungsfähig, sich mit dem Umfeld befassend, kritikfähig und an Feedback interessiert. Wer im Vergleich über eine sehr stark ausgeprägte Nutzung der Bewegung in der Transversalebene verfügt, wirkt unselbständig, abhängig vom Urteil anderer, mitleidend und überangepasst, als hätte er keinen eigenen Willen. Wer im Vergleich über eine sehr geringe Nutzung der Bewegung in der Transversalebene verfügt, wirkt unangepasst, unnahbar, unbelehrbar und stur.

Einige Beispiele für die Transverbalebene sind die sogenannte Pronation, Supination und die Circumduktion[12], Kombinationen zwischen Rotation, Flexion und Extension vom Fuß und von der Hüfte, die Becken- und Schulterrotation, das Schlenkern der Arme über die Körpermitte, die Bewegung der Wirbelsäule in die Rotation (bis Kopf), und die Augenbewegung von links nach rechts.

DIE KÖRPER-GESCHICHTE VON CHRIS

Ich habe einen sehr liebenswerten Freund. Er ist ein typischer Frontalebenen-Mensch. Er liebt es, vor seinem Computer zu sitzen und Strategiespiele zu spielen und ist mit seinem Job als großartiger Software-Entwickler quasi verheiratet. Zum Glück hat er keine Führungsposition inne, denn sein unentschlossenes Wesen würde seine Mitarbeiter zum Wahnsinn treiben. Mich treibt er gelegentlich nahe an einen Wutausbruch. Wenn wir uns bei ihm treffen und er eine halbe Stunde darüber nachdenkt, ob er die Pizza mit Thunfisch oder doch Hawaii bestellen soll. Wenn ich mich draußen mit ihm verabrede und er eine halbe Stunde zu spät kommt. Gründe wie, er wusste nicht, ob er dieses weiße oder jenes weiße Hemd anziehen soll oder er musste erst noch den optimalen Weg auf dem Stadtplan ausrechnen, kenne ich zuhauf. Er ist ein besonderer Mensch für mich, denn ist er der genialste Problemlöser, den ich kenne. Nicht, dass er selbst die Probleme lösen würde, nein. Aber er hilft enorm dabei, sie in ihre Einzelteile zu zerlegen, stellt „was wäre, wenn"-Fragen und denkt laut. Seine Augen bewegen sich hin und her. Ein wunderschönes

---

[12] Pronation, Supination uns Cirumduktion sind unter anderem die Bezeichnungen für Bewegungen des Fußes. Pronation beschreibt eine Einwärtsdrehung, Supination eine Auswärtsdrehung und Circumduction eine Kreiselbewegung.

Bild, das mir seine Gehirnaktivität beweist. Leider hat er keine Lust auf die Aktivitäten, die ich ihm vorschlage, sei es wandern, Kino oder ein Tretboot mieten. Er denkt gerne nach und liest. Und das ist völlig okay, solange er noch ab und zu unter Beweis stellt, dass er die anderen Ebenen auch kann. Erst neulich kam sein Bus völlig unerwartet einen Moment zu früh, nachdem wir uns verabschiedet hatten. Ich winkte ihm entzückt nach, als er sagittal, schnell wie ein Pfeil, losrannte und den Bus noch erwischte. Und selbst im Laufen war seine Frontalebene zu erkennen.

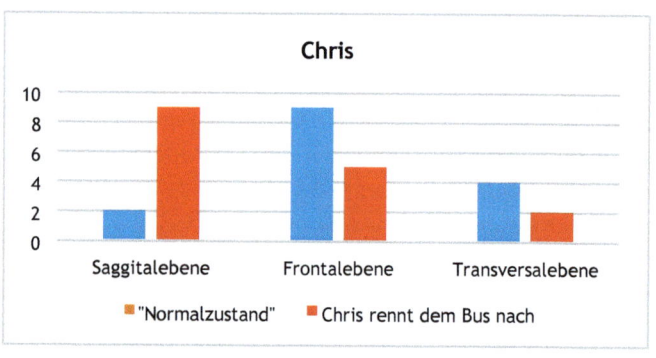

Die Auswertung meines Freundes Chris, nachdem ich ihn laufen sah, beschreibt, dass jemand, der ausgeprägt in einem Bewegungs-Aspekt zu Hause ist, in Gefahrensituationen intuitiv die notwendigen Muster zur Verfügung hat.

Die Geschichte von Chris war eines von mehreren Ereignissen, die mir klarmachten, wie wir ein gering ausgeprägtes Bewegungsmuster fördern können. Durch Training. Deshalb begann ich, mit Sportarten zu spielen, um herauszufinden, welcher Sport welches Bewegungsmuster ansprach und weiterentwickelte, wenn man diesen Sport regelmäßig ausübte.

Mein Ergebnis war folgendes:

- Sportarten, die die Sagittalebene in ihrer Ausprägung weiterentwickeln können, sind Joggen, Walking, Boxen und die meisten Ballsportarten.
- Sportarten, die die Frontalebene in ihrer Ausprägung weiterentwickeln können, sind Klettern, Bouldern, Schwimmen (Brust).
- Sportarten, die die Transversalebene in ihrer Ausprägung weiterentwickeln können, sind Yoga, Golf, Tai Chi, Kraulen.
- Sportarten, die mit der Einatmung, einem vorderen Körperschwerpunkt und Körperaufrichtung in Einklang stehen, sind Volleyball, Tanz, Yoga, Walking oder Rückenschwimmen.
- Sportarten, die mit der Ausatmung und einem hinteren Körperschwerpunkt im Einklang stehen, sind Sportarten wie Bogenschießen, Karate, Boxen, Yoga und im Schwimmen die Butterfly-Technik.
- Aktivitäten, die mit der Atempause und einem Körperschwerpunkt in der Mitte im Einklang stehen, sind Dinge wie Meditation, Yoga und alles was ein erhöhtes Maß an Konzentration erfordert.
- Sportarten, die den Ground-Aspekt fördern können, sind Qi Gong, Tai Chi, Stand-Up-Paddling, Power-Plate oder Yoga.
- Sportarten, die den Core-Aspekt fördern können, sind zum Beispiel Pilates, Billard oder Klettern.
- Sportarten, die den Space-Aspekt fördern können, sind zum Beispiel Tischtennis, Ballsportarten, Darts oder Ausdruckstanz.

Sport und Bewegung sind, wie Sie nun schon mehrfach von mir gehört haben, ein wichtiger Bestandteil unseres Lebens. Der Körper und der Geist stehen im Wechselspiel zueinander. Wer flexibel im Körper ist, ist auch flexibel im Geist. Wer Kraft und Energie seines Lebens dafür einsetzen kann, lebt glücklicher, gesünder und hat eine höhere Lebensqualität. Wie sieht es mit Ihren Kraft- und Energieressourcen aus? Haben Sie genug für ein schönes Leben? Ich habe solche und solche Phasen, kenne meine Kraftbilanz allerdings inzwischen gut. Die folgende Übung spiele ich inzwischen nur noch gedanklich durch, sobald ich ein Ungleichgewicht bemerke. Wenn ich einen Krafträuber identifiziert habe, versuche ich, ihn entweder zum Kraftspender umzuformen oder mich eine Weile oder komplett von dem Faktor zu entfernen, egal ob er eine Sache, eine Aufgabe, ein Mensch oder eine Situation ist. Ich bin gespannt, was diese Übung mit Ihnen macht.

Meine Kraftbilanz

Wir leben mehrere Leben in einem, wir sind Privatpersonen mit einer Familie, mit Freunden und mit einem inneren Erleben und eigenen Hobbys und wir sind zudem auch noch Berufspersonen.

In welchen Bereichen Ihres Lebens schöpfen Sie am meisten Kraft und wo verlieren Sie mehr als Sie ahnen? Machen Sie sich auf den Weg zu mehr Erkenntnis und Reflexion und gehen Sie somit in die Verhandlung mit den Krafträubern Ihres Lebens.

Was gibt mir Kraft	Lebensbereich	Was nimmt mir Kraft?
	Gesundheit	
	Freizeit	
	Familie	
	Wohnen	
	Beruf	
	Ich	
	Sonstiges	

ATEMMUSTER

Wir atmen, um zu leben. Der Atemrhythmus ist angeboren und unterbewusst, auch wenn wir es in Meditationstechniken schaffen, ihn über das zentrale Nervensystem zu steuern. Wir atmen ein, um die Lungen mit Sauerstoff zu versorgen und atmen aus, um gasförmige Abfallstoffe hinaus zu transportieren. Nach der Ausatmung entsteht eine kurze Atempause. Ein gesamter Atemzyklus eines erwachsenen Menschen dauert im Regelfall 3-6 Sekunden, das bedeutet, dass wir ungefähr 10-20 Atemzüge in der Minute machen, wenn wir uns in eine Ruhephase befinden. Die Atemmuster weisen – mehr als andere Bewegungsmuster – auf unsere Art und Weise hin, wie wir Kommunikation und Informationsverarbeitung betreiben. Das Training unserer Muskulatur rund um die Atmung spielt vor allem im Yoga und auch im Leistungssport eine große Rolle, da über aktives Leiten des Atemrhythmus und der Sauerstoffverteilung konzentrative und meditative Zustände erreicht werden können.

Wie der Mensch atmet, sieht man vor allem von der Seite, egal ob im Sitzen, Stehen oder in der Bewegung. Dabei wird der komplette Körper von Fuß bis Kopf beachtet, die Beckenkippung und die Stellung der Brustwirbelsäule sind dabei die deutlichsten Merkmale. Hinzu kommt die Verteilung unseres Körperschwerpunkts in Bezug auf die Körpermitte. Ein einzelnes Atemmuster kann fließend von Kopf bis Fuß sichtbar sein oder nur in einzelnen Körperabschnitten, gepaart mit einem oder beiden anderen Mustern. Das ist äußerst spannend und wunderschön zu beobachten, vor allem in der Kombination mit Bewegungsebenen sowie Ground, Core und Space, die den Flow oder die Unterbrechungen im Fluss nachvollziehbar machen.

Das Muster der Einatmung erkennen wir an einem aktiven Fuß auf dem Ballen, den Knien, die in Überstreckung, einer sogenannten Hyperextension stehen und einem nach vorne unten, also ventral gekippten Becken. Weitere Merkmale sind ein vorne offenes Sternum (Brustbein) und einem Körperschwerpunkt der vor der Mittellinie liegt. Der Tonus (Spannungszustand) der Muskulatur der Halswirbelsäule, ist sehr hoch. Sie befindet sich in einer starken nach vorne konvexen Kurve, einer sogenannten Lordose.

Wer sich im Einatem-Muster befindet, ist ein guter Zuhörer, kann abwarten, annehmen und Information aufnehmen. Wer im Vergleich über ein sehr stark ausgeprägtes Einatem-Muster verfügt, wirkt herrschsüchtig, (neu)gierig – nach Information – und fordernd. Wer im Vergleich über ein sehr gering ausgeprägtes Einatem-Muster verfügt, wirkt ungeduldig und ungehalten, als habe er schon alle notwendigen Informationen.

Das Muster der Ausatmung erkennen wir an einem eher auf der Ferse belasteten Fuß und Knien, die eher locker in leichter Flexion stehen sowie einem nach hinten unten, also dorsal gekippten Becken. Weitere Merkmale sind die Brustwirbelsäule im Rundrücken und eine Halswirbelsäule in Lordose mit geringem Tonus. Der Körperschwerpunkt liegt eher hinter der Mittellinie des Körpers.

Wer sich im Ausatem-Muster befindet, ist ein guter Redner, ein Macher, gibt gerne, Dinge und Informationen.
Wer im Vergleich über ein sehr stark ausgeprägtes Ausatem-Muster verfügt, wirkt hyperaktiv, bemutternd, zu redselig und aufdringlich. Wer im Vergleich über ein sehr gering ausgeprägtes Ausatem-Muster verfügt, wirkt distanziert, nicht beteiligt und passiv.

Das Muster der Atempause erkennen wir am Körperschwerpunkt, der über der Mittellinie ist, einer stillen Wirbelsäule, die gering gekurvt ist, ein Becken in der Ruhestellung und oft eine starke Kieferspannung. Die Körperbewegung im Gesamten ist sehr schwach, wenn eine Person im Atempause-Muster verweilt.

Wer sich im Atempause-Muster befindet, ist sehr ruhig, verfügt über ein ausgeprägtes Merkvermögen, speichert Informationen und kann Dinge für sich behalten. Wer im Vergleich über ein sehr stark ausgeprägtes AtempauseMuster verfügt, wirkt introvertiert, nicht an Dingen und Menschen interessiert, in sich gekehrt und isoliert. Wer im Vergleich über ein sehr gering ausgeprägtes AtempauseMuster verfügt, wirkt mitteilsam, unkonzentriert und unglaubwürdig.

GROUND, CORE UND SPACE

Ground, Core und Space sind Begriffe aus dem Rolfing und es fällt mir schwer, sie anders zu bezeichnen. Deshalb behalte ich die englischen Begriffe bei.

Bei der Betrachtungsweise dieser drei geht es um den sogenannten Flow, den Energiefluss von Fuß bis Kopf und Kopf bis Fuß über die Körpermitte. Die Kommunikation der Körperteile untereinander ist in diesem Fall sehr wichtig, vor allem spielt bei dieser Thematik das Zusammenspiel zwischen den phasischen und tonischen Muskelgruppen eine Rolle. Es gibt Muskeln, die uns erden und in der Körpermitte stabilisieren und solche, die unsere Aktivität ausüben und koordinieren. Der Fluss in unserem Bewegungssystem verknüpft diese spezifischen Funktionen.

Ground, Core und Space weisen – mehr als andere Bewegungsmuster – auf unsere Resilienz hin. Man kann den Bewegungsfluss und das Zusammenspiel aller Einheiten des

Körpersystems sehr schön in allen Alltagsbewegungen erkennen.

Um den Ground-Aspekt zu beurteilen, schauen und hören wir vor allem auf die Füße und beobachten, wie sich der Muskeltonus bei der Landung oder beim Starten flüssig in die Körpermitte und dann bis nach oben überträgt. Wird der Fluss unterbrochen und wo? Kommt der Fuß zum Beispiel so stark auf, dass Energie verloren geht?

Wer den Ground-Aspekt zur Verfügung hat, kennzeichnet sich durch Akzeptanz, Vertrauen, Erdung und Stabilität. Wer im Vergleich über einen sehr stark ausgeprägten Ground-Aspekt verfügt, wirkt motivationslos und sich mit dem Ist-Zustand im Stillstand befindend. Wer im Vergleich über einen sehr gering ausgeprägten Ground-Aspekt verfügt, wirkt unruhig und instabil.

Um den Core-Aspekt zu beurteilen, beobachten wir, wie stabil – fest, starr – oder mobil – flexibel, labil – die Körpermitte in der Bewegung ist, um die flüssige Weiterleitung der Körperspannung in beide Richtungen zu gewährleisten.

Wer den Core-Aspekt zur Verfügung hat, besitzt ein gesundes Maß an Selbstsicherheit, Selbstbewusstsein, Eigenwahrnehmung und Selbstreflexion. Wer im Vergleich über einen sehr stark ausgeprägten Core-Aspekt verfügt, wirkt als besäße er Selbstwertgefühl im Übermaß, oft dient Selbiges als Selbstschutz und -täuschung. Wer im Vergleich über einen sehr gering ausgeprägten Core-Aspekt verfügt, wirkt unsicher, unreflektiert und orientiert sich stark nach außen. Core-Thematiken sind folglich in beiden Ausprägungen von ähnlicher Bedeutung.

Um den Space-Aspekt zu beurteilen, achten wir auf die Benutzung der Hände und der Augen und schauen, wie frei der Kopf auf der Halswirbelsäule liegt. Dabei berücksichtigen wir die Weiterleitung dieser Freiheit der Strukturen in die Körpermitte und nach unten.

Wer den Space-Aspekt zur Verfügung hat, kennzeichnet sich durch eine ausgeprägte Kreativität, Freude an der Teilnahme am Leben, Interaktion mit seinem Umfeld und der Fähigkeit zu positiver Kommunikation. Wer im Vergleich über einen sehr stark ausgeprägten Space-Aspekt verfügt, wirkt ruhelos, exhibitionistisch, wirr und hyperaktiv. Wer im Vergleich über einen sehr gering ausgeprägten Space-Aspekt verfügt, wirkt schwerfällig, zurückgezogen und pessimistisch.

DIE KÖRPER-GESCHICHTE VON KATHRIN

Kathrin kam über ihre Allgemeinärztin zu mir. Sie hatte die Ärztin aufgrund ihrer Schlafstörungen und Nervosität aufgesucht. Sie müsse sich momentan im Büro und auch zu Hause extrem anstrengen, um ihre Konzentration aufrecht zu erhalten. Sie sei schon immer der schreckhafte Typ gewesen, sagte sie mir, aber im Moment sei es kaum auszuhalten. Ihre Ärztin hatte ihr Beruhigungsmittel verschrieben und Bachblüten mitgegeben und etwas über Stress und Psyche gesagt, aber das wollte Kathrin nicht hören. Es gebe keinen Anlass, auch nicht für mich, sie über irgendeine „Psycho-Kacke", wie sie es nannte, abzuholen. Ich solle mir den Körper anschauen, mehr mache sie nicht mit. Ich tat, was sie wollte, schließlich war sie meine Auftraggeberin. Und ich wusste, dass wir selbstverständlich alles über den Körper erreichen konnten. In diesem Fall durfte ich also eine lange ausführliche Bewegungsanalyse machen und erklärte Kathrin exakt, was ich sah. Die jeweiligen aktiven und eher extrovertierten Muster aller Dreiergespanne waren sehr präsent, wohingegen die drei für Ruhe, Gelassenheit, Struktur und Ordnung und mal entspannt zurücklehnen verantwortlichen Muster in sehr geringem Maß zur Verfügung standen. Mit dieser Erklärung schien Kathrin zufrieden. Sie sagte: „Ja. So ist es. Und was schlagen Sie vor?". Ich gab ihr eine Reihe von Rätseln, die ihre Aufmerksamkeit anregen und Konzentrationsfähigkeit steigern sollten, zeigte ihr ein paar Yoga-Übungen, die sowohl ihre Atemmuster sowie Erdung und Struktur förderten und besprach ihre Themen mit ihr, während ich am Körper die entsprechenden Strukturen bearbeitete, die zu ihren mentalen Komponenten gehörten. Ein Rätsel am Tag sowie die Yoga-Übungen terminierten wir in ihrem Kalender wie einen Jour fixe.

Damit war Kathrin zufrieden. Dass sie gleichzeitig an ihrer Psyche arbeitete, weil sie stets achtsamer wurde und ihr eigenes Verhalten reflektierte, bemerkte sie nicht.

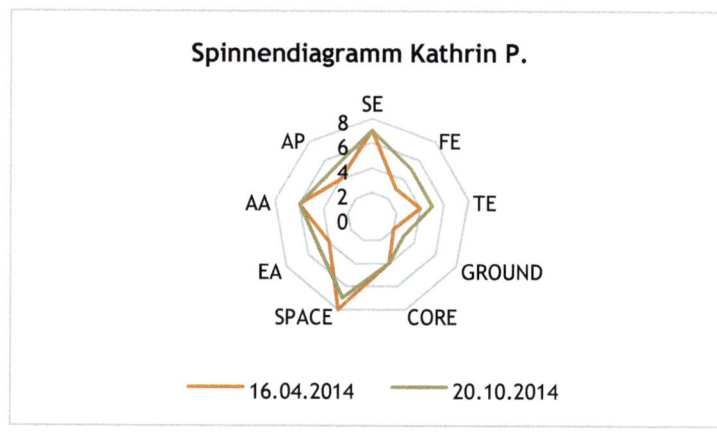

Nach einer Weile ging es ihr besser, wie sie sagte, das Bewegungsdiagramm war etwas ausgeglichener und sie war für ihre Verhältnisse zufrieden und fühlte sich gut. Kathrin kommt seitdem alle vier bis sechs Wochen, für eine Massage und ein gutes Gespräch, wie sie es nennt.

Ihre Rätsel- und Yoga-Einheiten stehen mit festen Terminen in ihrem Kalender. Es gibt kein Rezept, das für alle gleichermaßen gilt. Vielmehr sind es die Werkzeuge, denen ein jeder von uns im Laufe seines Lebens begegnet, sie als solche erkennt, sie sich aneignet, den Umgang mit ihnen übt, im gegebenen Fall damit umzugehen weiß und sinnvoll einsetzt, sofern er sie als nützlich erachtet.

Die Geschichte von Kathrin verdeutlicht die Reizweiterleitung von mechanischen Sinneszellen, den Mechanorezeptoren unseres Fasziensystems an unser Bewusstsein. Das Bewusstsein kommuniziert fortwährend mit unserem gesamten Körpersystem und für jede erdenkliche Funktion gibt es einen verantwortlichen Bereich auf unserer Großhirnrinde, dem sogenannten Cortex, der Hirnrinde, und den Arealen zwischen Rückenmark und Cortex.

Alles zusammen ist also unser Gehirn. Die Aufgaben des Gehirns sind unter anderen diese:

- die Nervenzellen erkennen und bewerten Reize und wissen, wie sie damit umgehen, welche sie wie und an wen oder was im Körpersystem weiterleiten müssen,
- die Zellen des Schläfenlappens sind wichtig für das Gedächtnis, für Gefühle und Emotionen, für das Hören und für unser Sprachverständnis,
- die Zellen des Scheitellappens erfassen abstrakte mathematische Probleme und Musik

- die Neuronen aktivieren die tatsächliche Reizweiterleitung an das System,
- sie schütten Hormone aus,
- sie verbünden sich mit anderen Zellen und gemeinsam wird die bestimmte Information weitergeleitet, um die Priorität zu erhöhen,
- sie erkennen Regelmäßigkeiten, lernen daraus und
- sie besitzen die Fähigkeit, Informationen ohne einen erneuten Reiz von außen zu generieren.

Im Hirnstamm findet die Verbindung zwischen Geist und Körper statt, hier befinden sich Nervenbahnen, die das Rückenmark mit dem Gehirn verbinden. Dort liegen zudem das Atemzentrum, das Herz-Kreislauf-System und es ist die Schnittstelle zu unseren hormonaktiven Organen des Körpersystems wie die Schilddrüse, die Eierstöcke oder unsere Nebennieren. Die Medulla oblongata, ein Teil des Hirnstamms, ist hierbei die sogenannte Umschaltzentrale vom Rückenmark auf das Gehirn, sie reguliert die Organfunktion und übernimmt die Kontrolle der Reizweiterleitung ins Gehirn. Die Brücke (Pons) ist für unseren Schlaf- und Wachrhythmus sowie die mentale Kontrolle zuständig. Sie dient als Verbindungsstück zwischen der Medulla oblongata, dem Kleinhirn, also unserem Cerebellum, und der Großhirnrinde. Das Cerebellum spielt eine wichtige Rolle für unsere Sprache, den Gleichgewichtssinn sowie unsere Koordination. Und der Neocortex koordiniert, vom Fühlen über das Denken bis hin zum Sprechen und Handeln, alle erdenklichen Funktionen unseres 50 Billionen Zellen großen menschlichen Universums.

Die Großhirnrinde umfasst folgende Areale:

- den Präfrontalcortex, der für unser situationsbedingtes Handeln zuständig ist,
- den prämotorischen Cortex, der sich um unsere Bewegungsplanung und Nachahmung kümmert,
- den motorischen Cortex, der zuständig ist für unsere physische Kontrolle und die Bewegungsausführung,
- den posterioren Parietalcortex, der sich mit der Orientierung im peripersonalen, uns umgebenden Raum, befasst,
- den visuellen Cortex, der die Reize bearbeitet, die wir sehen und uns vorstellen,
- den auditiven Cortex, der für das Hören zuständig ist und
- den sensorischen Cortex, der sich um unsere Gefühle kümmert.

Wir denken unaufhörlich, so wie wir auch fortwährend fühlen, auch unsere Muskulatur arbeitet ausdauernd. Unsere Zellen fließen ganz tief in uns geordnet umher und gehen ihrer Arbeit nach. Auch im Schlaf und in der stillsten Stille sind es Schwingungen, die da sind und in und um uns herum passieren. Unser Gehirn ist also ein Organ, das nicht stillsteht, das sich dabei aber auch nicht anstrengen muss. Es passiert einfach. Es schwingt. Schwingungen sind Musik. Sind wir ganz still, können wir nicht nur „Gras wachsen hören", sondern auch die kleinste Aktivität unserer Zellen hören. Das ist ungefähr so, als ob Bienen in einem Bienenstock umhersummen.

OFFEN FÜR NEUE PERSPEKTIVEN

Ich sprach nun viel vom Körper. Von anfassbaren und untersuchbaren anatomischen Gegebenheiten unseres Daseins wie Knochen, Muskeln und Organen. Von spürbaren, physiologischen Gegebenheiten wie Stress oder Glück in ihren neurologischen und hormonellen Zusammenhängen und ihrem Ausdruck als Emotion. Von anschaubaren Bewegungen, die als Verhalten interpretierbar sind. Und von hörbaren Kommunikationsmitteln wie Sprache oder riech- und schmeckbaren Dingen wie Angstschweiß oder salzige Tränen und unsere fünf Sinne des körperlichen Erlebens.

Das ist die Grundlage des nun Folgenden. Denn ich möchte über die Psychosomatik hinausgehen und zusammen mit Ihnen dem 21. Jahrhundert begegnen, dabei möchte ich möglichst pragmatisch und rational vorgehen. Und ich möchte eine Art und Weise nutzen, in der Sie während des Lesens und auch danach aktiver Gestalter des eigenen Lebens bleiben und weiterhin skeptisch aber auch realistisch mit sich, der Welt und ihren Systemen umgehen können.

Auf dieser Grundlage frage ich mich, was es mit uns macht, wenn wir beginnen, unser Leben aus einer neuen Perspektive zu betrachten? Wenn wir die Welt als unsere Mutter Erde erkennen, die Einfluss auf die Existenz und das Wohlbefinden auf uns und alle Lebewesen hat, so wie auch umgekehrt unsere Wirkung auf ihr Wohlbefinden unumstritten ist. Mein Wunsch ist es, Ihnen das Gefühl von Ganzheitlichkeit zu vermitteln, die Schmetterlinge im Bauch spüren zu lassen, die ich selbst empfinde, wenn ich sage: „Gesundheit können wir nur als Ganzes haben".

Folgender Dialog zwischen dem Menschen, der Biosphäre, der Lithosphäre, der Hydrosphäre und der Atmosphäre entstand im Rahmen einer Veranstaltung, in der die Frage im Raum stand, was „Anthropozän" bedeutet.

Szene 1:

Mensch: Hallo. Ich bin der Mensch. Im Zeitalter des Anthropozäns bin ICH der Faktor, der echten Einfluss hat auf das Überleben unseres Planeten. Wusstest Du, Welt, dass ich unzufrieden bin mit Deiner Entwicklung?
Dass ich enttäuscht bin von der Entwicklung Deiner Biosphäre, Deiner Lithoshäre, Deiner Hydrosphäre und Deiner Atmosphäre?

Biosphäre: Hallo. Ich bin die Biosphäre. Und ich bin die Gesamtheit aller Lebewesen auf dem Planeten Erde. Wusstest Du, Mensch, dass Du lediglich ein Teil meines Ganzen bist?

Lithosphäre: Hi. Ich bin die Lithosphäre. Ich bin die feste Erdoberfläche. Wusstest Du, Mensch, dass Du nur so lange auf mir gehen kannst, Häuser bauen kannst und Getreide anpflanzen kannst, so lange ich existiere?

Hydrosphäre: Guten Tag. Ich bin die Hydrosphäre und Du kannst mich „Wasser" nennen. Wusstest Du, Mensch, dass es mich schon ewig gibt? Dass ich lange vor Dir auf diesen Planeten kam und dass ich den Hauptbestandteil der Welt ausmache? Wusstest Du, dass ich diejenige sein werde, die am längsten von uns allen überleben wird und dass die Veränderung meiner Zusammensetzung mich nicht töten wird, sondern Dich?

Atmosphäre: Hallo. Ich bin die Atmosphäre und ich bin – mehr oder weniger – die Luft, die Du atmest. Du atmest ein und Du atmest aus. Wusstest Du, Mensch, dass Du Gift atmen wirst, wenn Du Dich weiterhin so wichtig nimmst, wie Du es gerade tust?

Szene 2

Mensch: Welt, darf ich Dir eine Frage stellen? Wenn Deine Bestandteile mir erzählen, wie wichtig sie sind und welche Bedeutung sie für uns Menschen haben, warum dienen sie uns nicht so, wie wir es benötigen würden? Es geht uns gerade nicht so gut. Einige von uns leiden dauerhaft an Hunger, manche sterben sogar daran, manchen fehlt trinkbares Wasser und andere erkranken an Epidemien, die von Tieren kommen. Und obwohl wir, die Menschen, hart und fleißig arbeiten, um eine Balance auf der Welt herzustellen, erhalten wir keinerlei Unterstützung von Dir. Warum ist das so?

Biosphäre: Mensch, lass mich, die Biosphäre versuchen, Deine Frage zu beantworten. Du probierst schon seit einer Weile, die Natur zu Deinen Gunsten zu optimieren. Aber meine Pflanzen können nicht in jedem Klima und an jedem beliebigen Ort gedeihen. Meine Tiere können nicht alle nur aus den Kriterien bestehen, die Deine Bedürfnisse erfüllen. Die Diversität der lebenden Dinge verschwindet und die Gesundheit derjenigen Lebewesen, die die Veränderung überstehen, schwindet zunehmend. Es tut mir leid, Dir das sagen zu müssen, Mensch. Aber Krankheiten treten aufgrund Deiner Optimierungsversuche auf.

Lithosphäre: Mensch, ich danke Dir für diese gutgemeinte Frage. Hier ist meine Lithosphäre-Antwort für Dich. Ich fühle mich nicht von Dir ernstgenommen. Nicht gesehen. Nicht gedankt. Du nimmst mich als gegeben hin und nimmst mir Stück für Stück meine Identität, jeden Tag neu. Gestern war es eine neue Autobahn, heute eine Sojaplantage mehr und morgen wird ein Einkaufszentrum gebaut. Wenn man von weit weg auf den Planeten schaut, dann sieht man Tag für Tag eine Veränderung auf mir. Was meinst Du, wenn Du behauptest, fleißig an einer Balance zu arbeiten? Ich fühle mich überhaupt nicht im Gleichgewicht.

Hydrosphäre: Naja, Mensch. Was kann ich, das Wasser, Dir antworten? Menschen sterben daran, dass sie kein Trinkwasser haben. Ja, das stimmt, ich bin ein seltenes und doch gemeinsames Gut. Nur ein Prozent von mir ist trinkbar. Und ich habe das Gefühl, dass ihr Menschen euch dessen nicht bewusst seid. Ihr benötigt ca. 5.000 bis 20.000 Liter Wasser, um ein Kilogramm Fleisch herzustellen. Ihr duscht, spült die Toilette, und transportiert mich irgendwo in die Wüste, um Getreide anzupflanzen. Und gleichzeitig jammert Ihr darüber, dass Menschen an Wassermangel sterben. Es tut mir leid, Mensch, aber das Ungleichgewicht stelle nicht ich her.

Atmosphäre: Lieber Mensch, lass mich, die Luft, ehrlich zu Dir sein. Wir fünf kooperieren seit es uns gibt miteinander, um die Balance auf der Welt gemeinsam zu erhalten. Gleichgewicht zu halten unterliegt nicht Dir allein. Ich selbst kann zurzeit meinen Teil der Zusammenarbeit kaum einhalten. Denn ich bin nahe an etwas, was Ihr Menschen „Burn-Out-Syndrom" nennt. Das, was Du Tag für Tag auf meinem Schreibtisch an Methan, Stickstoff- und Kohlenstoffdioxid ablädst, überwältigt mich. Mein System ist überhitzt und ich kann kaum mit dem Fieber umgehen. Bitte, Mensch, akzeptiere, dass nicht alle mit Deiner Geschwindigkeit mithalten können.

Szene 3

Mensch: Welt, wenn Deine Bestandteile mir also nun sagen, dass Menschsein nicht so bedeutend ist, wie ich es zu glauben scheine, dass meine Hybris übersteigert ist und, dass ich nicht demütig und dankbar genug bin.
Warum haben wir Menschen dann den Namen
„Anthropozän" für diese Epoche, in der wir leben,
erfunden? Und wenn ich doch eine Bedeutung habe, wie kann ich sie nutzen für die Weiterentwicklung unser aller Wohlbefinden und für unser Überleben?

Biosphäre: Soll ich ehrlich sein, Mensch? Ich kann noch immer den Schmerz vom Massensterben vor 66 Millionen Jahren, empfinden. Wie ich schon mehrfach betonte, bist Du ein Teil von mir, mit jeder Zelle, die Du in Dir trägst, bin ich auch Teil von Dir. Deine Bedeutung ist meine Bedeutung. Wenn Du gesund und ausgeglichen bist, dann bin auch ich es. Und wenn es mir gut geht, so fühlst auch Du Dich wohl. Das heißt, Du solltest Deine Rolle annehmen. Sei smart. Sei verantwortungsbewusst. Sei achtsam. Habe keine Angst vor Fehlern. Lass Dich nicht von Deiner Hybris überlisten. Und danke allen anderen lebenden Organismen für ihre Existenz. Wir sind zusammen in diesem Dilemma. Ja, Du bist wichtig. Und ja, Du bist gleichzeitig nicht bedeutsamer als wir es sind.

Lithosphäre: Mensch, Du bist sehr wichtig für mich, sehr bedeutend. Und wie ich es schon zuvor betonte, so veränderst Du Tag für Tag mein Gesicht, meine Identität. Meine Farben ändern sich von Grün ins Grau, nicht nur wegen der Jahreszeiten, sondern vielmehr auch durch Dich. Du bist ein großartiger Erbauer von Dingen. Du bist klug und kennst die Fakten. Jeden Tag werden 400.000 Menschen geboren und jeden Tag sterben 160.000, das ergibt 240.000 neue menschliche Wesen, die täglich auf der Welt hinzukommen. Das weißt Du. Und deshalb arbeitest Du jeden Tag daran, Raum zu schaffen für all diese Wesen. Du bist nicht schuld, vielmehr nenne ich es erfolgreich. Ja, geologisch gesehen leben wir im Anthropozän. Und ja, meine Identität verändert sich durch Dich. Du bist wichtig für mich. Ich wünschte, auch Du erkenntest meine Bedeutung für Dich, auch Du würdest mehr Demut haben.

Hydrosphäre: Mein Freund Mensch. Was kann ich, das Wasser, sagen? Wie wichtig willst Du sein? Möchtest Du ein halb volles oder ein halb leeres Glas Wasser haben? Du hast die Wahl. Mit jedem Stück Plastik, das Du wegwirfst, ändert sich meine Zusammensetzung. Das ist alles, was Du mir antust. Und die Veränderung in mir bringt mich nicht in Gefahr, Dein Leben aber schon. Wie ich es zuvor schon sagte, werde ich bleiben. Ich verändere meinen Zustand, aber ich bleibe. Du bist derjenige, der sterben wird, denn trinkbares Wasser wird zu einem seltenen Gut. Ja, Du bist sehr bedeutend. Aber nur für Dich selbst und Dein eigenes Überleben. Und ja, sehr gerne würde ich meinen bisherigen Zustand behalten. Das Leben macht mehr Spaß mit all diesem Leben in mir. Allein deshalb bist Du wichtig für mich, Mensch.

Atmosphäre: Mensch, ich kann nicht viel mehr hinzufügen zu dem, was die anderen Dir sagten. Nur, dass wir alle zusammenspielen in dieser Sache. Nenne es „Anthropozän" oder nenne es, wie Du magst. Vielleicht ist Anthropozän eine gute Bezeichnung. Es erscheint mir, als würde sich jeder von uns an unsere Absprache halten, um den Erhalt dieses wunderschönen Planeten Erde zu sichern. Du allerdings, Mensch, bist kein Teamplayer. Dir geht es eher um Deine eigenen Wünsche und Bedürfnisbefriedigung. Du suchst nach Technologien, die Dich glücklich machen und Deine Gier, Deine Hybris und Deine Ignoranz lassen keine Weisheit in Deinem Handeln vermuten. Du fragst nach Bedeutung? Hast Du nicht endlich genug davon?

Mit wie viel Komplexität können wir umgehen, wenn es um den Erhalt unseres Lebens auf der Erde geht? Wir streben nach dem Gleichgewicht unserer natürlichen Ressourcen, unserer Ozeane, der Atmosphäre und der Erdoberfläche. Und wir ringen immer wieder mit unserem eigenen Ungleichgewicht. Kinder mit hypersensiblen Fähigkeiten, mit hohen Begabungen, schnellen Reaktionszeiten, übernormalen Reizverarbeitungsmechanismen, können an der Komplexität der heutigen Welt und an sogenannten „psychosozialen" Faktoren scheitern.

„Die Evolution ist der Kontext"
Gregory Bateson

PSYCHOSOZIALE ZUSAMMENHÄNGE

Nicky ist ein kleiner Patient, der mir sehr am Herzen liegt. Er hat eine Aufmerksamkeitsdefizit- und HyperaktivitätsStörung, kurz ADHS. Und wie ich in jeder Behandlung bemerke, wird sein System stark durch sogenannte psychosoziale Faktoren beeinflusst. Nicky kommt aus ungünstigen familiären Verhältnissen, seine Mutter ist psychisch labil, sein Vater selbst leidet an Konzentrationsschwäche und weil Nicky kein einfaches Kind ist, geht er in die fünfte Klasse eines Internats. Nicky ist sehr sprunghaft, kann sich nicht lange auf eine Sache fokussieren, er zappelt herum, am Essenstisch fällt ihm regelmäßig etwas herunter, er ist sehr ungeduldig und drängelt sich gerne vor oder unterbricht andere beim Sprechen. In der Schule macht er viele Flüchtigkeitsfehler und inzwischen ist er für impulsive Aggressionsausbrüche schon zweimal ermahnt worden. Psychosoziale Faktoren wie Chaos, Zeitdruck, Überforderung, Unzuverlässigkeit und Unstrukturiertheit begünstigen sein ADHS.

Ich möchte kurz ein paar dieser psychosozialen Faktoren beschreiben, die nicht nur Nicky, nicht nur Kindern mit ADHS, sondern auch uns Menschen im Allgemeinen im Zusammenleben miteinander beeinflussen können. Und ich möchte mit Ihnen teilen, welche Erkenntnisse sich daraus für mich ergeben.

Unstrukturiertheit.

Es ist sehr spannend, wenn wir davon sprechen, in einer komplexen und agilen Welt zu leben, die immer noch komplexer und agiler zu werden scheint. Struktur, Rahmenbedingungen und Regeln werden von vielen verächtlich belächelt und sind doch so wichtig. Ich weiß selbst, wovon ich spreche, denn ich experimentiere im beruflichen wie im privaten Umfeld immer wieder mit Selbstorganisation mit „Raum schaffen" und mit Versuchen, Hierarchieebenen zu verschieben. Kinder mit ADHS benötigen klar nachvollziehbare Strukturen und Rituale. Ich persönlich bin der Meinung, dass Strukturiertheit und Ordnung gefühlt auch im Chaos existieren kann, selbst für ein Kind mit ADHS und für jeden anderen unter uns auch. Mit Vertrauen in sich selbst sowie ineinander. Das bedeutet für mich, dass Rahmenbedingungen nicht grundsätzlich etwas Bevormundendes oder Einengendes haben, sondern vielmehr Freiheit bedeuten, und zwar im Sinne einer individuellen und gesellschaftlichen Resilienz und auch einer positiven zwischenmenschlichen Interaktion.

Überforderung und Druck.

In unserer Gesellschaft sind Worte wie Erfolg, Leistung und Effizienz allgegenwärtig. Der Druck, der für jeden von uns dahintersteht, wird erst dann bemerkt, wenn unsere Leistung nicht mehr ausreicht, wenn der Erfolg ausbleibt oder die Effizienz unserem Energiehaushalt entgegenwirkt. Bis wir dann begreifen, dass andere Dinge wichtiger gewesen wären als nur gut zu funktionieren, haben wir auch schon dafür gesorgt, dass unsere Kinder in der Schule mit denselben Mechanismen konfrontiert werden und es um gute Noten, um Intelligenz und um einen Konkurrenzdruck der Kinder untereinander geht. Wer studieren will, braucht ein gutes Abitur und wer aufs Gymnasium will, muss schon in der Grundschule an den schönsten Sommertagen am Schreibtisch im Zimmer verweilen, anstatt mit seinen Freunden im naheliegenden Wald herumzutoben. Wir Eltern denken uns Belohnungs- und Bestrafungsszenarien aus. Das Spektrum reicht von einem Laptop zur Belohnung bis hin zu extremen Bestrafungen, die durchaus, physisch oder psychisch schmerzhaft für das Kind sein können. Alle Kinder, die diesen Mechanismen ausgesetzt sind, leiden unter diesem Druck. Und auch wir Erwachsenen leiden unter dem uns eigens auferlegten Druck in der Gesellschaft, erfolgreich, leistungsorientiert und effizient sein zu sollen. Am meisten leidet wohl unser aller Selbstwertgefühl. Auch hier bin ich der Meinung, dass die Herstellung einer individuellen und gesellschaftlichen Resilienz und auch einer positiven zwischenmenschlichen Interaktion essenziell ist, um dem Teufelskreislauf Druck zu entkommen. Ist nicht Kreativität schöner als Intelligenz? Ist nicht ein freier Rahmen freundlicher als erdrückende Freiheit?

Das Dilemma Zeit

Ich wuchs mit meinen drei Geschwistern in einem kleinen Ort in Niedersachsen auf, direkt an einem Wald mit See und allem, was ich mir als Kind nur wünschen konnte. Nach der Schule wurde der Schulranzen in die Ecke geschmissen und wir waren unterwegs. Wenn der Hunger uns heimsuchte, machten wir uns auf den Nachhauseweg. Hausaufgaben erledigte ich irgendwann zwischendurch und wenn Sie mich nun fragen würden, wo ich mehr gelernt hätte, in der Schul- oder in der Freizeit, könnte ich Ihnen diese Frage nicht beantworten. Aber ich weiß, dass mir beides gleichviel Spaß und Freude bereitet hat und noch immer tut. Ich liebe es

auch heute noch zu lernen, suche mir freiwillig immer wieder neue Kurse aus, in denen ich die Schulbank drücken darf. Daneben finde ich erfreulich viel Zeit für den Wald, die Berge oder die Natur insgesamt. Das ist ein Segen, wie ich bemerke, wenn ich meine
Patienten und Klienten so von sich erzählen höre. (Frei)Zeit ist Mangelware geworden. Das hängt zusammen mit den beiden Faktoren Unstrukturiertheit, also der immer komplexer werdenden Welt und dem Druck, Leistung erbringen zu müssen, um ihr Gehalt ausgezahlt zu bekommen. Sie haben gefühlt äußerst selten eine Pause. Und wenn, dann können sie diese Pausen nicht mehr mit Qualität füllen. Es bleibt dann meistens dabei, nichts zu tun, denn für mehr ist keine Energie vorhanden.

Auch Kindern geht es heute schon so. Zeit zum Ausruhen haben sie kaum zwischen Lernen, Hausaufgaben, Klavierunterricht, Sportverein und anderen Verpflichtungen. Langeweile, wie ich sie noch kenne, gibt es nicht mehr. Fragen Sie ein Kind ohne ADHS, wie es sich in diesem Zeitdruck fühlt oder horchen Sie in sich selbst hinein. Dann können wir in etwa nachvollziehen, wie es Nicky wohl geht. Wie schon zuvor ist meine Meinung, dass die Entfaltung unserer aller Resilienz und auch unsere positive zwischenmenschliche Interaktion notwendig sind. Im Falle Zeit bedeutet dies, zu erkennen, wann zu viel zu viel ist, sich selbst und anderen Freizeit zu schenken, Seele baumeln nicht als verlorene Zeit zu bezeichnen und uns selbst die Erlaubnis zu geben, einfach nur zu sein.

Ich denke, diese drei psychosozialen Faktoren machen deutlich, worauf ich hinauswill. Betrachten wir unsere Gesellschaft doch einmal als ein Schiff im Sturm. Wo steuern wir dann hin, wenn wir zwischen Chaos, Leistungs- und Zeitdruck sowie Bestrafung und Versagen hin und her geweht werden? Wenn unser Selbstwertgefühl, die

Selbstsicherheit, die Resilienz als Ganzes gestört sind und es uns noch dazu schwerfällt, wirklich positiv und konstruktiv mit den Steuermännern um uns herum zu kommunizieren?

Wenn unser Umfeld sich Tag für Tag in ein komplexeres System von neuen Dingen und Situationen, unterschiedlichen verzweigten Ebenen von diversen Kulturen und Bewertungssystemen entwickelt? Wenn sich biotische und abiotische Umweltfaktoren um uns herum unaufhörlich ändern und dazu führen, dass unsere Ozeane, die Beschaffenheit der Erdoberfläche und der Atmosphäre sich manchmal auch mit für uns als wüst empfundenem Verhalten anpassen müssen, um zu überleben?

DAS BIO-PSYCHOSOZIALE MODELL

In diesem Zusammenhang prägte der amerikanische
Psychiater George L. Engel den Begriff des
biopsychosozialen Systems. Engel versuchte vor nunmehr
fast fünfzig Jahren die Humanbiologie, im speziellen die
Psychosomatik, mit der Systemtheorie zu verbinden. Den
Menschen beschrieb er als körperlich-seelisches Wesen,
welches mit seinen öko-sozialen Lebenswelten umgehen
lernen müsse. Nach diesem Modell sind psychosomatische
als auch nicht-psychosomatische Krankheitsbilder hinfällig
geworden. Körperliches und psychisches Leiden per se seien
also kein fester Zustand, sondern eher als ein Prozess zu
verstehen. Auch dies ist eine, wie ich persönlich finde, sehr
charmante Herangehensweise an die Überlegung, dass
Gesundheit und Krankheit mehr sind als nur das
Zusammenspiel zweier oder weniger Faktoren. Die
biopsychosoziale Theorie umfasst erst einmal drei
Dimensionen, die durch ihre Verknüpfung ein sehr
komplexes Modell in der Entstehung und Bewältigung von
Krankheit an sich darstellen.

Die erste Dimension ist die biomedizinische, also die
körperliche und die psychologische Ebene. Hier geht es
einerseits um objektive, also beobachtbare pathologische
Befunde sowie andererseits um subjektive individuelle
Wahrnehmung, also um die Gefühle, Gedanken und
Erfahrungen, die der Patient während seiner Krankheit hat
und macht. Die biomedizinische Ebene ist daher das, was
ich in diesem Buch mit Psychosomatik beschreibe.

Die zweite Dimension ist die öko-soziale. Sie befasst sich
mit dem Menschen in seiner Beziehung zur Umwelt und
erkennt Krankheit als das Ergebnis einer nicht passenden
Beziehung zwischen Mensch und Umwelt an. Auch diese
gesellschaftlichen Einflüsse auf unser System ordne ich

selbst noch unter Psychosomatik ein, aber in der Tat könnte man hier eher von Sozio-Somatik sprechen, sofern dieser Begriff existierte.

Die dritte Dimension ist die transpersonal-spirituell-religiöse. Hier geht es um den Menschen als Teil des großen Ganzen, der Welt, Mutter Erde, des Universums. Es geht um etwas, das weit über das hinausgeht, was wir mit dem Geist fassen können. Transpersonell spirituell und religiös klingen nach großen Begriffen. Das sollen sie wohl auch. Denn es gibt sehr viel, was wir während unseres weiteren Lebens auf der Welt noch entdecken, erfahren und begreifen dürfen, was außerhalb unserer heutigen Vorstellungskraft liegt. Wenn wir solchen Dingen begegnen, die über unseren Glauben und über das, was wir als wahr empfinden, weit hinausgeht, wenn wir also sprichwörtlich „unsere Augen reiben müssen", wie ein Kind, das zum ersten Mal den Weihnachtsmann sieht, dann befinden wir uns in dieser dritten Dimension.

In dem Moment, in dem wir als Mensch überfordert sind mit einer beliebig kleinen oder großen Störung unseres Systems in irgendeiner Ebene auf den drei Dimensionen, kommt es zur Krankheit. Und da die einzelnen Dimensionen in Wechselwirkung zueinanderstehen und in Wirkungsketten zu Reaktionen auf derselben und anderen Ebenen führen, ist es müßig, den Ort der Ursache ausfindig zu machen. Vielmehr geht es darum, die Problemzonen zu finden und aus Dysbalance ein Gleichgewicht zu machen, aus Anspannung Entspannung oder aus Schmerz Wohlbefinden.

Gleichsam sind keine einfachen Wenn-Dann-Gleichungen mehr anwendbar. Vielmehr entsteht ein multidimensionales Wechselspiel, ein dynamisches Geschehen, das jeden Moment unseres Lebens stattfindet. Wir haben somit unendliche Chancen, es zu gestalten, kreativ damit umzugehen. In Kooperation mit unserer Umwelt wird es uns leichter fallen als allein. Gesundheit erlangen wir also nur zusammen mit dem System, in dem wir leben, in der Gemeinschaft mit unserer Welt, Mutter Erde. Gesundheit ist kein fester Zustand. Gesundheit betrifft nicht nur uns als Einzelpersonen. Gesundheit ist nur als Ganzes zu haben.

DIE KÖRPER-GESCHICHTE VON SUSANNE

Susanne kam mit schmerzhaften Migräneattacken zu mir. Zurückzuführen war dies auf einen hohen Blutdruck und eine extreme Spannung der oberen Nackenpartie, eben dieser Muskeln, die als Atemhilfsmuskulatur gelten. Wir aktivieren sie im akuten Stress. Susannes Bewegungsanalyse war speziell, denn bis auf zwei Muster waren alle anderen in einem durchaus ausgeglichenen Zustand. Die zwei Bewegungen, die herausstachen, waren die Atempause- und der Ground-Aspekt. Susanne hatte eine wichtige Führungsposition in einem Unternehmen inne und war zudem mit einem Mann verheiratet, der sehr viele Aufgaben im Haushalt von ihr erwartete. Susanne schaffte den Spagat gut, so sah es nach außen aus. Sie stabilisierte sich selbst, indem sie immer wieder zu Massagen ging sowie exzessiv Yoga und Meditation betrieb. Sie vergaß dabei den Umgang mit ihrem privaten Umfeld, ihre Freunde und Hobbies.

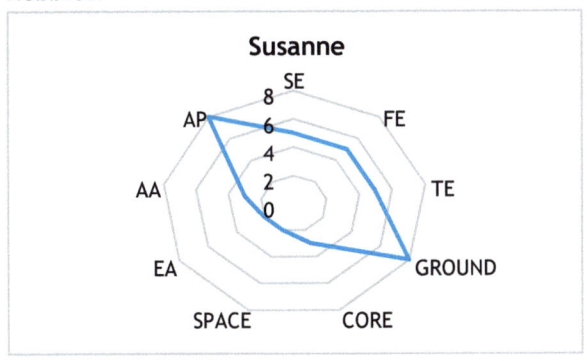

Wenn es zu spontanen Verabredungen kam oder zu unerwarteten Problemen, kostete es einen erhöhten Einsatz von Energie, um aus ihrer geerdeten, in sich ruhenden Position herauszukommen. Ihr System reagierte mit Verspannung der Muskelgruppen, die für schnelle Reaktionen des Systems benötigt werden, mit der Folge von erhöhtem Blutdruck und anschließender Migräne. Wir überlegten uns ein Training, indem wir über ihre Erdung und Stabilität in die Flexibilität und Aktivität hineingingen. Zum Beispiel warfen wir uns kleine und große Bälle zu, während Susanne auf einem Bein auf dem Kreisel oder Trampolin stand, gleichzeitig lösten wir Rechenaufgaben und forderten immer wieder ihr Gleichgewicht heraus. Wir schenkten in der Massage besonders den phasischen Muskelgruppen unsere Aufmerksamkeit. Susanne war begeistert über das, was anschließend in ihr und damit in ihrem Umfeld passierte.

Das Spektrum, mit dem sie ihr Umfeld wahrnahm, veränderte sich. Sie empfand, dass sie ein klareres Bild bekam, begegnete ihrem Ehemann, dem Team und dem Leben neu. Das führte zu, wie sie sie nannte, ungeahnten Freiheiten.

Susanne ist viel achtsamer mit sich geworden als in der Zeit, in der sie glaubte, achtsam zu sein, weil sie exzessiv meditierte. Ihr Umfeld ist zu einer Stütze ihres Selbst geworden. Und sie begegnet jeder spontanen Abweichung ihres Plans mit Gelassenheit, sogar mit Dankbarkeit. Ihr Bewegungsdiagramm in Ruhe ist heute ein sehr ausgeglichenes.

ERKENNTNISSE

Von Geburt an sammeln wir Erfahrungen. Unsere subjektive Wahrnehmung kombinieren wir mit unserer eigenen Bewertung. Wir lassen uns nicht von anderen täuschen, wir geben uns eine gewisse Machtposition des Richtigdenkens. Wir lernen durch Wiederholungen und manifestieren so unsere Denkmuster. Glaubenssätze entstehen infolgedessen durch Beobachtung und Erfahrung.

„Ich glaube nur das, was ich sehe." Das ist der Glaubenssatz, der meines Erachtens Auslöser aller nachfolgenden Glaubenssätze ist. Mit „sehen" ist hier alles gemeint. „Ich glaube nur das, was ich sehe, höre, rieche, schmecke, fühle oder auch erfahre." Die Perspektive des Sehers ist einfach: „Es gibt nur mich und meine eigene Sichtweise. Ich habe Recht." Das passiert mit Erfahrungen, wenn wir Kinder sind, wenn wir die Welt noch nicht reflektiert wahrnehmen können. Sie werden zu Glaubenssätzen. Warum also existieren sie noch, unsere Glaubenssätze, wenn wir doch heute, im Hier und Jetzt, in genau diesem Moment, reflektiert sind, Skepsis üben, uns auf Meta-, vielleicht sogar auf Meta-Meta befinden, auf der beobachtenden oder gar auf der das Beobachtete beobachtenden Position?

Zum einen sind die Erfahrungen aus unserer Kindheit oft prägend, vielleicht traumatisch. Zudem haben sie sich womöglich immer und immer wiederholt. Mein Ex-Mann beschwerte sich zum Beispiel beim Autofahren regelmäßig mit: „Typisch. Eine Frau. Frauen sollten nicht fahren. Sie können es gar nicht.". Eines Tages, mein Sohn war acht Jahre alt und ich fuhr gerade mit ihm zum Fußballtraining. Da schaute er mich von der Seite an und sagte: „Mami, Du bist die einzige Frau, die Autofahren kann." Zum anderen sind die Erfahrungen „kollektive" Erfahrungen, die wir uns als Kinder haben einsagen lassen durch die Gesellschaft, die Familie oder die Glaubensgemeinschaft: „Du sollst nicht ehebrechen", „Der Lehrer hat immer recht" oder „Jungs weinen nicht" sind solche Sätze. Wenn wir älter werden und achtsamer, reflektierter, sogar skeptisch, dann haben wir die Möglichkeit, solche Glaubenssätze zu überdenken. Aber oft fehlt uns die Motivation dazu. Wir glauben zudem, dass es nichts bringt, wenn nur wir sie hinterfragen und niemand mit uns. Und zudem haben unsere Glaubenssätze inzwischen Verhaltensweisen ausgeprägt. „Ich handle richtig aufgrund meiner Glaubenssätze. Ich habe Recht." Wenn wir also unsere Glaubenssätze verändern wollen, müssen wir sie überdenken und das können wir nur dann, wenn wir mit ihnen unser Verhalten verändern. Es erscheint sehr mühsam. „Das schaffen wir sowieso nicht." Und spätestens hier sind wir gefangen im Teufelskreislauf der Glaubenssätze, im Wertesystem der Moderne. Es braucht nur zwei: „Ich glaube nur das, was ich sehe" und „Ich (allein) kann sowieso nichts verändern".

Spätestens an dieser Stelle sollten wir uns entscheiden. Wollen wir selbst denken oder lassen wir uns denken? Wollen wir selbst handeln oder lassen wir uns zum Handeln bedrängen? Wir scheinen nicht aktiv sein zu wollen, solange wir die Verantwortung abgeben und zuschauen können, wie unser Schicksal passiert.

Was bewegt uns Menschen, lieber keine Verantwortung zu übernehmen? Was verhindert spontane Aktivität und Flexibilität?

All diese Überlegungen geben unserem Körper einen Mehrwert. Denn mit Hilfe unseres Körpersystems und all seiner Werkzeuge zur Eigenaktivität können wir üben, uns aus der passiven vermeintlichen Sicherheit herauszubewegen. Über Berührung und Bewegung schaffen wir es, das gesamte System Mensch anzusprechen und uns auf diese Weise selbst dazu anzuregen, unser Verhalten zu verändern, Erfahrungen neu zu machen und aktiv zu werden und nach vorne zu schauen. Durch die Arbeit am und mit unserem Körper und die dadurch stattfindende Anregung des neurohormonellen Systems, wird gleichzeitig unser limbisches sowie zentral gesteuertes Nervensystem aktiviert. Das verschafft uns viele Vorteile. Wir können über das Körpersystem unsere Emotionen kontrollieren und mit Stress, Ärger, Wut, Frust und Angst umgehen. Das ist sehr hilfreich für zwischenmenschliche Beziehungen und Kommunikation in allen Bereichen unseres Lebens.

Wir schaffen es mit Bewegung, auf nervlich zerreißende Situationen zwischen uns und anderen mit einer gewissen Gelassenheit und Ruhe zu reagieren, indem wir uns auf unsere Resilienz besinnen und achtsam mit uns und unserem Körper umgehen. Wir können eine Extremsituation dazu nutzen, uns unserer Kräfte bewusst zu werden und die Emotionen, die daraus entstehen, zu katalysieren, um daraus Stärke und Energie zu gewinnen. Die Arbeit am Körpersystem ist es, die uns ehrlicher mit uns selbst und unseren Ressourcen umgehen lässt.

Somit unterstützt uns der Körper darin, nicht in eine Sucht nach Wiederholungsschleifen der Selbstreflexion und Achtsamkeit zu geraten oder uns Zukunftsvisionen und Realitätsflucht hinzugeben. Außerdem verbindet uns Bewegung, Sport und Berührung mit unserem Umfeld. Aus unseren Gefühlen werden Gedanken, werden Glaubenssätze, werden Verhaltensmuster, wird Sprache und Kommunikation. Durch immer wieder neue Kontexte, die wir vorfinden, beginnt eine neue Form des Umgangs mit den von uns bewerteten Situationen. Das wiederum verhilft uns dazu, uns fortwährend weiterzuentwickeln. Je öfter wir mit einer neuen Erfahrung konfrontiert werden und ihr mit einem uns bewussten, immer wieder anderen Verhalten, reagieren können, desto resilienter werden wir insgesamt. Aus „Ich und die anderen" kann ein globales Wir-Gefühl entstehen. Wir begegnen dem Leben und Situationen mit mehr Selbstbewusstheit und gewinnen eine perspektivisch neue Herangehensweise an Menschen und Situationen.

Wir gehen also skeptischer mit dem um, was wir glauben zu wissen: „Alle Menschen mit Führerschein haben prinzipiell die Fahrprüfung bestanden. Dass die Frau vor uns nicht im Sinne von Papi fährt, hat nichts damit zu tun, dass sie nicht fahren kann und schon gar nichts damit, dass sie eine Frau ist", könnte also ein neuer Gedanke sein. Oder: „Grundsätzlich vermitteln die Lehrer uns spezifisches Fachwissen und wenn sie die Fakten als solche kennen, dann kann ich ihnen das durchaus glauben. Dennoch hinterfrage ich bestimmte Informationen immer wieder, denn ich möchte lernen und mich weiterentwickeln, und auch Lehrer irren sich mal."

EINE WELT

Wenn wir auf die Welt kommen, wirken als erstes unsere unbewussten Instinkte auf uns, die uns überleben lassen. Es geht um essen, schlafen und um Schutz. Als Kind erfahren wir, was Familie bedeutet, was unsere persönlichen Bedürfnisse, Ängste und Hoffnungen sind, welchen Gruppen wir angehören (wollen oder sollen). Anfangs „sehen" wir ausschließlich Nahrung und Schutz, später denken wir erst nur in Schubladen, erkennen Falsch und Richtig, Schwarz und Weiß oder Gut und Böse. Wir ordnen uns Ritualen, dann Regeln und Rahmenbedingungen unter und widersprechen ihnen von Zeit zu Zeit, um uns anderer anzunehmen, die wir für sinnvoller halten. Es geht um uns als Individuum, um ein *Ich* und es geht um uns als Teil eines größeren Ganzen, um ein *Wir*. Eines Tages beginnen wir dann, einen Blick durch weitere Linsen zu wagen, entdecken Grautöne zwischen Schwarz und Weiß, erkennen, wie bunt die Welt ist, bemerken, dass das Ding oder die Situation von links unten anders aussieht als von rechts oben. Wir nehmen unsere Kommode und bauen in die vorhandenen Schubladen neue Unterschubladen ein. Wir finden heraus, dass wir die Dinge nicht nur sehen, sondern sie auch hören, spüren, riechen und schmecken können, sie von innen und außen betrachten können, sodass sich mit jeder neuen Perspektive weitere Blickwinkel eröffnen. Wir entwickeln uns mit jeder Erfahrung weiter. Entweder erfahren wir etwas, das wir bereits kennen und geben unserer imaginären Liste der Glaubenssätze einen bestätigenden grünen Haken oder wir schreiben unten auf der Liste eine Wahrnehmung hinzu, weil sie neu ist. Aus Eigenwahrnehmung wird dann Eigenverantwortung. Wir nehmen den uns schon bekannten oder neuen Reiz wahr, bewerten ihn, reagieren auf ihn, bewerten die Reaktion der Umwelt auf unsere Reaktion und finden in diesem ständigen Kreislauf heraus, was von unserem Fühlen, Denken und Handeln wir unter welchen

Bedingungen und in welchen Kontexten für uns selbst verantworten können.

Im Laufe unserer Weiterentwicklung beginnen wir, Gelerntes zu hinterfragen, denn auf der imaginären Liste entstehen plötzlich Unterpunkte zu einzelnen inzwischen manifestierten Erfahrungen und Erlebnissen. Die Unterpunkte gleichen anfangs einer Wenn-Dann-Logik. Wir nehmen unser Gegenüber, unser direktes Umfeld und die uns umgebende Welt wahr und bemerken irgendwann, dass das Wenn-Dann wiederum Unterpunkte bekommen müsste. Denn es gibt kaum jemanden, den wir kennen, der immer dasselbe fühlt, denkt oder so handelt wie wir es in dem Moment tun würden. Wenn wir dann erkennen, dass wir selbst immer auf einer anderen Betrachterposition stehen als unser Gegenüber, hören wir auf, unsere Sicht der Dinge auf die des anderen zu projizieren. Das bedeutet, dass wir eine Art Blaupause in unsere Brille einbauen. Für weitere Schubladen in Unterschubladen wird der Platz zu eng und wir beginnen, unser Schubladensystem zu etwas auszubauen, was nicht mehr die Form von etwas hat, das wie eine einfache Kommode aussieht. Die Brille verliert ihren eingrenzenden Charakter, unser Sichtfeld erweitert sich Wir entdecken andere Länder, Kulturen, Religionen, Wertesysteme, Einkommensverhältnisse, Familiensituationen. Unsere Liste wird immer unüberschaubarer und wir beginnen eines Tages, uns doch lieber wieder auf unsere Intuition zu verlassen. Aus Eigenwahrnehmung wird etwas Größeres. Wir nehmen die Welt wahr. Aus Eigenverantwortung wird etwas Größeres. Wir übernehmen Verantwortung für die Welt. Die Landschaft, die wir in uns und um uns herum wahrnehmen können, ist immer wieder anders, immer wieder neu und immer wieder auf ihre Weise wunderschön.

EINE GESUNDHEIT

Die Auseinandersetzung mit der Weiterentwicklung der Gesellschaft des 21. Jahrhunderts spielt in meinem Leben eine wichtige Rolle. Ursprünglich war meine Motivation eine sehr persönliche. Es begann mit der Geburt meines Sohnes im Jahre 2004 und die sich daraus ergebenden Gedanken, wie unser Planet der Zukunft wohl für unsere Kinder und Enkelkinder aussehen wird. Welche Ressourcen werden sie zur Verfügung haben, welche Naturschauspiele können sie in Zukunft noch miterleben, was passiert, wenn sich das Klima weiter wandelt, der Mensch sich schneller vermehrt als es unsere Erde ertragen kann? Wir nutzen Atomkraft und die Atmosphäre erwärmt sich, wir wollen alle Menschen ernähren können und versetzen unsere Landwirtschaftsflächen mit Pestiziden, wir üben uns in Gentechnik für die Produktion von Lebensmitteln für alle, wir suchen nach Öl und Gold für Status.

Als ich mit meiner Mission startete, wie ich sie rückblickend nenne, war ich sehr belehrend, oft ungerecht und streng sowie unfassbar ungeduldig mit meinem Umfeld. Mir ging es anfangs vor allem um negative menschliche Charaktereigenschaften wie Missgunst, Selbstmitleid, Besitzanspruch, Angst, Impulsivität, Kontrolle, Aggression. Ich machte mir zur Aufgabe, sie zu bekämpfen, sie gehörten für mich nicht in die Welt.

Bald bemerkte ich, dass auch ich all diese Anteile in mir trug, dass *wegsperren* keine Alternative war und dass sie eine Daseinsberechtigung auf der Welt haben, wie auch Freude, Mitgefühl, Mut, Glück, Freiheit, Frieden, Demut, Gelassenheit und Liebe. Mittlerweile begrüße ich auch meine eigenen negativen Gefühle, sollten sie sich melden, gehe mit Ihnen ins Zwiegespräch und frage sie, was sie bezwecken, warum sie sich melden. Schnell klärt sich dann das Problem und sie lassen sich ersetzen, reframen, durch eine andere positive Einstellung. Mit den Menschen um mich herum versuche ich auf dieselbe Weise umzugehen, denn auch sie haben Gründe, warum bestimmte Charakterzüge sie momentan stark prägen und andere nicht. Sorgen und Probleme gibt es auch in unserer Welt, einer Gesellschaft, der es aus einer anderen Perspektive gesehen, wirtschaftlich und politisch scheinbar gut geht. Schnell merkte ich, dass diese Sorgen und Probleme nicht nur aus unserem Innersten kamen, sondern ebenso von der Umwelt geprägt waren und sich beides, vielmehr jede der vielen Schichten des Innen und des Außen, in einem Wechselspiel zueinander befanden. Magenkrämpfe, Waldbrand, Leukämie, Neid, Tsunami, Allergie, Amoklauf, Krieg. Nun versuche ich über das vorliegende Buch, das mit der einfachen Beschreibung von Körperteilen begann, die Brücke zu schlagen, einen Perspektivwechsel zu erzeugen und die Bedrohung unseres eigenen und das Überleben der Erde in unser aller Bewusstsein zu rücken.

Wenn unser Körper psychosomatische Zeichen aussendet, ist das eine Warnung an uns. Sie sind die Signale, dass in unserem Körper etwas nicht in Ordnung ist, dass ein Teilsystem dauerhaft gestresst ist. Ähnliches passiert im Funktionskreis der Umwelt oder der Gesellschaft. Im Gegensatz zum Körpersystem, bei dem wir inzwischen Wirkungsketten nachvollziehen können und es schaffen, sie positiv zu beeinflussen, indem wir an einer beliebigen Stelle – oder bestenfalls über mehrere Stellen gleichzeitig – eingreifen, ist das gesellschaftliche Zusammenleben um einiges komplizierter. Es sind nicht mehr nur die Zusammenhänge von Organ über Gelenk, Nerv, Muskel, Hormonhaushalt, Stoffwechsel, Zähne und Immunsystem. Es sind vom Körper über die Psyche bis hin zur Gesellschaft unzählige Dimensionen hinzugekommen. Den Körper betreffend, arbeiten wir sogar schon interdisziplinär. Wir machen uns in der Behandlung des Körpersystems ein übergreifendes Bild, befassen uns mit westlicher

Schulmedizin, mit traditionellen östlichen Heilmethoden, mit der Psychologie, der Astrologie und Heilpraktiken aller Art. Wir nehmen die Erkenntnisse, mischen sie, vergleichen sie miteinander, um sie dann in unsere jeweilige Disziplin übersetzen zu können und die Erkenntnisse in die Behandlung miteinzubeziehen.

Wie schaffen wir es also, auf ähnliche Weise auf die noch komplexeren Fragestellungen der Gesellschaft zu reagieren? Meiner Meinung nach fehlt es jedem von uns, jeder wissenschaftlichen Disziplin, jeder Hilfsorganisation, jedem Umweltverband, jeder Gewerkschaft und allen Spezialisten dieser Welt an Voraussetzungen, um Strategien entwickeln zu können, die einen tiefgreifenden und nachhaltigen Wandel erreichen. Dazu fehlt es an übergreifendem Wissen. Deshalb sollten wir alle disziplinübergreifend fühlen, denken und handeln.

Die Dimension, die sich aus diesen transdisziplinären Gedanken ergeben könnte, würde sehr weit reichen, würde alte Paradigmen in Frage stellen, die unser Konsumdenken, das Wirtschaftswachstum, den Kapitalismus betreffen. Daraus könnte sich ein Umdenken ergeben, das sich sowohl mit dem Gemeinwohl der Menschen als auch mit der Erhaltung unserer Umwelt und ihrer Ressourcen befasst. Ein Umdenken im Sinne einer nicht mehr durch Konsum, Macht oder Geld gesteuerten Zusammenarbeit der Menschen untereinander. Hierzu ist es notwendig, dass wir alle die Interessen aller vertreten. Im Zuge dessen, dass die technologische Entwicklung immer mehr Einfluss auf uns und unser gemeinsames Leben ausübt, bekommt für mich der disziplinübergreifende Gedanke noch mehr Bedeutung, denn über die Innovationen, die unser Leben gefühlt einfacher machen, dürfen wir nicht vergessen, uns als soziale Wesen im Zusammenleben miteinander weiterzuentwickeln.

> Wenn der Mensch tatsächlich ein geologischer Faktor geworden ist, müssten wir mit dem Wissen, das wir mittlerweile haben, die Dinge auch ins Positive wenden können. Es gibt aber nicht den einen Knopf, den wir drücken können und alles ist gut. Wir müssen an vielen Schrauben drehen und über Fachgebietsgrenzen hinweg zusammenarbeiten.
>
> Reinhold Leinfelder, Geobiologe

Humanbiologen befassen sich mit dem Körpersystem des Menschen in seiner Gesamtheit. Hierbei betrachten sie die Anatomie, die Physiologie, die Humangenetik, die Immunologie und die Biochemie. Philosophen ergründen die Welt, die Existenz des Menschen. Sie versuchen, den Sinn des Lebens zu erkennen, zu deuten und zu verstehen. Psychologen versuchen, Erfahrungen und Verhaltensweisen von uns Menschen zu erklären. Sie ziehen dabei alle Kontexte der individuellen und gesellschaftlichen Entwicklung in Betracht. Soziologen erfassen soziales Verhalten und zwischenmenschliche Interaktion empirisch und theoretisch. Sie untersuchen dazu die Wirkungsketten gesellschaftlichen Zusammenlebens.

Wenn die Humanbiologen, die Soziologen, die Psychologen und die Philosophen sowie alle weiteren Wissenschaftler anderer Disziplinen nun aus ihren erkennenden, erfassenden und erklärenden Positionen einen Schritt zurücktreten und ihre Ergebnisse aus einer neuen Perspektive von etwas weiter weg betrachten könnten, welche neuen Erkenntnisse würde das hervorbringen? Für mich könnte hier etwas Neues und Großartiges entstehen, nämlich ein sogenannter transdisziplinärer Ansatz, disziplinübergreifend, in einer wunderbaren, sich gegenseitig wertschätzenden Dimension. Es ist mir ein Anliegen, Lösungen für die Weiterentwicklung hin zur Transformation der Gesellschaft und den Erhalt der

Welt kollektiv und kollaborativ mit allen wissenschaftlichen Disziplinen zu entwickeln.

Eine sehr innovative Herangehensweise zwischen vielen einzelnen Disziplinen gibt es bereits. Sie wird *One Health* genannt und dieser Begriff wurde zum ersten Mal 2003 benutzt, als das Ebola-Fieber die Welt bedrohte. Ein junger Veterinär-Mediziner, William Karesh, sagte damals, dass der Begriff der Gesundheit nicht mehr isoliert nur für Mensch, Tier oder Umwelt benutzt werden könne, denn es gebe nur eine Gesundheit. „There is just one health", waren seine Worte. Dieser Begriff ist zwar neu, der Gedanke jedoch geht zurück bis zu den griechischen Philosophen. So war es Hippokrates, der auf seine eigene Weise herausfand, dass die Gesundheit der Bürger mit einer hygienisch sauberen Umgebung zusammenhängt.

Karesh ist heute im Vorsitz eines weltweit tätigen One-Health-Forschungsunternehmens für internationale Zusammenarbeit verantwortlich. One Health ist folglich ein Versuch, die Gesundheit des Menschen in Verbindung zur Gesundheit von Tieren und Umwelt wahrzunehmen und ihr Wechselspiel zu erforschen. Seit Leben auf der Erde entstanden ist, hat sich dieses Zusammenspiel zwischen Mensch, Tier und Umwelt verändert. Heutzutage sind es Faktoren wie Bevölkerungswachstum, Klimawandel, Massentierhaltung und Entwaldung, die unsere Gesundheit gefährden. Auch die fortwährende Bewegung von Menschen, Tieren und Pflanzen über Kontinente hinweg stellt eine Gefahr für die Gesundheit dar. Auch berufliche Veränderung, Krieg, Hunger und Armut oder Vergnügungsveranstaltungen wie Zoo und Zirkus, Veränderungen von Transportwegen, Produktionsketten und Dienstleistungsprozessen sind ebenso Faktoren, die die Gesundheit beeinträchtigen. Wir begünstigen in unserem schnellen globalen Wandel die Entstehung neuer und die Wiederkehr alter Infektionskrankheiten, wir beuten die endlichen Ressourcen der Erde aus und verlieren dadurch an

Biodiversität, wir verändern unsere Erdoberfläche und die Biosphäre, indem wir aus Wäldern Ackerfläche oder Wüsten entstehen lassen, Fabriken und Autos bauen, Fleisch durch Soja und Mais ersetzen oder Wasser über künstliche Flüsse von einem Ort zum anderen umleiten, sogar für bestimmte Zwecke Tiere – wie Bienen – umkolonisieren und sorgen dadurch indirekt und direkt für den Anstieg von Naturkatastrophen, für ein Ungleichgewicht der Nahrungsmittelpreise weltweit sowie für einen demographischen, technologischen und wirtschaftlichen Wandel insgesamt. Krankheiten wie Allergien, Atemwegserkrankungen und Herz-Kreislauf-Problematiken erleben ein Aufblühen und neue Pandemien kommen hinzu.

Wir lernen in zunehmendem Maße, dass eine ausreichende Ernährung sowie unsere Gesundheit nicht mehr gewährleistet sind, wenn Pflanzen und Tiere erkranken. Wir erkennen, dass dadurch gesellschaftliche Schäden entstehen können. Wir erleben am eigenen Leib, dass unser Wirtschaftswachstum, der unachtsame Verbrauch von Ressourcen, die übermäßige Produktion von Müll, der unverhältnismäßige Ausbau von Städten dazu führen, dass die Vielfalt an Pflanzen- und Tierarten durch ihr Aussterben bedroht ist und sie tief eingreifen in unser körperliches, psychisches, seelisches und soziales Wohlbefinden. Die intuitive Interaktion zwischen Mensch, Tier und Umwelt ist in Disbalance. Der Versuch, mit One Health die global übergreifenden Gefahren sowie die Ungleichgewichte der Welt zu erkennen, sie zu bewerten und Anstrengungen zu unternehmen, diese zum Vorteil aller Lebewesen und des Planeten Erde zu lösen, ist meines Erachtens nach transdisziplinär, großartig und nobel und ich beschließe, mitzumachen. Im Kleinen wie auch im Großen, wie ich es je nach Situation und Kontext gerade kann.

Hannelore hat chronische Kopfschmerzen und geht zu ihrem Allgemeinarzt. Der Arzt sieht das Problem und die Lösung. Sicher ein Stress-Syndrom. Er schreibt sie zwei Wochen krank. Der Kopfschmerz beruhigt sich ein paar Tage. Dann ist er wieder da. Chronisch wie gehabt. Hannelore geht weiter. Diesmal zum Orthopäden. Auch dieser Arzt sieht das Problem und die Lösung. Nackenverspannungen. Er gibt ihr ein paar Spritzen und als die nicht wirken, verschreibt er ihr sechsmal Massage mit Fango. Der Kopfschmerz beruhigt sich ein paar Tage. Dann ist er wieder da. Chronisch wie gehabt. Hannelore geht zum Internisten. Auch dieser Arzt sieht das Problem und die Lösung. Hoher Blutdruck aufgrund von Stress im Büro. Er verschreibt Beta-Blocker. Der Kopfschmerz beruhigt sich ein paar Tage. Dann ist er wieder da.

Chronisch wie gehabt. Ihr Bruder, ein begnadeter Leichtathlet, hört von den Problemen seiner Schwester. Auch er sieht das Problem und die Lösung. Übergewicht. Er schenkt ihr einen Gutschein für einen Personal Trainer. Hannelore zwängt nun Walken, Yoga und andere ZwangsBewegungen inklusive einer Diät in ihren Wochenplan. Der Kopfschmerz beruhigt sich nicht. Sie beginnt stattdessen, noch mehr Alkohol zu trinken, kommt mit dem zusätzlichen Druck, den sie durch die Kinder und die Situation mit ihrem Freund hat, nicht mehr zurecht und erleidet kurz darauf einen Nervenzusammenbruch.

Was genau war der Fehler? Jeder der Ärzte sah nur ein Problem. Jeder der Ärzte kannte nur seine eigene Herangehensweise. Dass Hannelore nicht nur die Hannelore mit chronischen Kopfschmerzen und je einem zugehörigen Problem war, sondern während der gesamten Odyssee DIE Hannelore - 47 Jahre alt, Nackenverspannungen, keine Hobbys, übergewichtig, geschieden mit zwei Kindern, eine führende Position in einem Unternehmen, in der momentan radikal Stellen abgebaut werden, ein neuer Freund, der noch in einer Ehe lebt, Bluthochdruck und starker Alkoholkonsum – war, bemerkte keiner der Ärzte, denn alle kannten nur ihr eigenes Fachgebiet.

> **„Die Menschen müssen wieder lernen, dass alle gesundheitlichen Störungen,**
> **Wehwehchen und selbst alle Infektionen in Wahrheit Winke sind, das Angemessene, die Balance des Gleichgewichts,**
> **wiederzugewinnen. Am Ende gehört beides zusammen, Störung und Überwindung. Das macht das Wesen des Lebens aus."**
>
> Hans Georg Gadamer

Was ist also mit unserer Mutter Erde, wenn Hannelore als Metapher für sie dient? Als Metapher für Bevölkerungswachstum, Klimawandel, Massentierhaltung, Diktaturen, Entwaldung, Krieg, Hunger, Armut, Pandemien und alle anderen Probleme der Welt? Wollen wir sie nun gemeinsam lösen oder weiterhin nur einen Weg gehen, den nämlich, den wir selbst für richtig halten, weil wir hier über das gefühlt ultimative Fachwissen verfügen?

DIE ANTWORT DES KÖRPERS AUF DIE FRAGEN DER WELT – ODER EIN GEDANKEN-EXPERIMENT

Eine Welle tollt mit vielen anderen Wellen im Ozean herum. Die Wellen setzen sich voneinander ab, sind unterschiedlich in Form, in Größe, brechen mal laut und mal leise und gehen alle ihren individuellen Aufgaben nach, manche sorgen vielleicht für den
Sauerstoffaustausch mit der Atmosphäre andere versorgen Pflanzen und Tiere mit Mineralstoffen und wieder andere sind verantwortlich für bestimmte Meeresströmungen. Als der Wind nachlässt, beruhigt sich das Meer, dann beruhigen sich auch die Wellen. Und siehe da, wenn alles still ist, dann ist die Welle mit einem Mal der Ozean. Sie ist eins mit den anderen Wellen. Alle Wellen sind der Ozean.

Diese Geschichte ist eine etwas abgewandelte Version einer sehr alten Erzählung aus der vedischen Tradition, aus den Upanishaden.

Übertragen auf die Wellen, sind auch wir Menschen alle unterschiedlich voneinander. Wir haben unterschiedliche Fähigkeiten, andere Hautfarben, gehören einer anderen Kultur oder Religion an oder unterscheiden uns in Geschlecht, Alter oder Wertesystem. Jeder von uns trägt seinen Teil bei zu einem gedeihlichen Leben, jeder hat seinen Zweck, seine Aufgabe im Leben. Wenn wir uns irgendwann zur Ruhe setzen, zum Beispiel zum Meditieren oder Beten, dann verbinden wir uns mit der Welt, werden Eins mit ihr. Dann sind wir plötzlich, wie die Wellen im Ozean, eins mit allen anderen Menschen, dann sind wir die Welt.

Und auch unser Körper besteht aus Wasser. Bei Neugeborenen beträgt der Anteil von Flüssigkeit im Gewebe ungefähr neunzig Prozent. Selbst im hohen Alter sinkt der Wassergehalt nicht unter siebzig Prozent. Unsere Strukturen können dasselbe wie die Welle im Ozean. Sie haben alle ihre Funktion als Zelle oder Gewebe mit einer bestimmten Funktion, doch in der Bewegung fließen sie ineinander und werden eins, grenzenlos. Auch wir Menschen haben also dieses Vermögen, Individuum zu sein und gleichzeitig grenzenlos. Wenn wir grenzenlos sind, dann können wir lieben ohne zu besitzen, allein sein ohne uns einsam zu fühlen, loslassen ohne zu verlieren.

Um uns als Mensch auf dieser Welt in der Gesellschaft fortbewegen und überleben zu können, brauchen wir die abgegrenzte Form, die wir Körper nennen, um Kraft zu haben, Essen zu jagen und Häuser zu bauen. Wir brauchen Funktionen, Aufgaben, Berufe. Wir brauchen deshalb auch das, was wir Bewusstsein nennen, um zu kommunizieren und uns weiterzuentwickeln als Individuum. Gleichermaßen brauchen wir es, frei von Grenzen miteinander im Einklang in empathischer Achtsamkeit, dem Fluss der Weiterentwicklung der Menschheit folgen zu können. Mutig, offen und hoffnungsvoll. Denn wir kommen alle an. Panta rhei. Alles fließt. Das sagte einst schon der griechische Philosoph Heraklit.

Eine weitere Geschichte vedischer Herkunft handelt von einem Wassertropfen, der – ohne sich dessen bewusst zu sein – ins Meer will. Er fällt vielleicht gerade als Tau von einem Blatt und will noch eine Zeit verweilen, der Wald riecht so schön und die Vögel zwitschern. Da nimmt ihn schon ein Sonnenstrahl auf und er steigt hoch an den Himmel, sieht die Welt von oben, wie schön. Er weiß nicht, dass er ins Meer will und es ist so schön hier, doch dann gibt es ein Gewitter und er, der Tropfen ist mittendrin. Er landet in der Nähe des Gipfels eines hohen Berges, darf dahinrinnen und erholt sich von der Anstrengung. Dann fließt er in einen schönen kühlen Gebirgsbach und rauscht ins Tal. Bis er irgendwann einmal im Meer ankommt und er bemerkt, dass er der Tropfen ist und immer war, aber er ist auch der Ozean, war es immer schon. So können viele Jahre oder Jahrhunderte vergehen. Er bemerkt es nicht, aber er ist es längst, der Tropfen, das Meer.

So sind wir Menschen. Wir sind die Welt. Doch wir wissen es nicht. Wir kennen unser Ziel und kennen es doch nicht. Denn das Leben mit all seinen wunderschönen Farben und Facetten, mit seinen Aufregungen und seinen Überraschungen lenkt uns ab.

Menschen begegnen Menschen. Dynamische Systeme begegnen anderen dynamischen Systemen. Sie begegnen sich nicht nur, sondern sie interagieren, tauschen Stoffe, Energien und Informationen aus. Wir beeinflussen mit jedem Wort, mit jedem Tun, mit jedem Schweigen und jedem Nichtstun den Verlauf der Entwicklung eines Teils unserer Gesellschaft. Mit jeder Aktion oder Reaktion bewirken wir etwas, das mindestens ein anderes System in seinem So-Sein beeinflusst und zum Nachdenken oder zum Ändern von Verhaltensweisen veranlasst. Wir haben also jeder für sich einen Einfluss auf die Entwicklung von Denk- und Handlungsmustern unseres Umfeldes. Damit verbunden ist die Gestaltung unseres dynamischen Systems, der Gesellschaft, in der wir leben. Mit dem Einfluss kommt auch die Verantwortung. Zum einen ist es die Verantwortung für uns selbst. Zum anderen ist es die Verantwortung für unsere Umwelt. Wenn wir den täglich neuen Bedingungen und der Veränderung stabil begegnen, entfaltet sich unser Selbstbewusstsein und wir können unseren Teil zu einer zwanglosen, pragmatischen und offenen zwischenmenschlichen Interaktion beitragen. Damit etablieren wir Rahmenbedingungen, die sich für alle frei, gerecht und richtig anfühlen.

In dem Moment, in dem wir wissen, dass wir und die Welt eins sind, in jenem Moment sind wir auch jede unserer Zellen und jede Zelle der Welt ist ein Teil von uns. Ein spannendes Gedanken-Experiment, das Sie gerne mitdenken dürfen. Denn hier kommt erneut unser Körpersystem zum Einsatz und erweitert sich bis hinein zu jeder einzelnen Muskelzelle, Nervenzelle oder Immunzelle. Mit jedem Verhalten beeinflussen wir die Informationen, die unsere Zellkerne mit sich tragen. Die Idee der Glaubenssätze wird also noch etwas weitergedacht. Der Einfluss, den jeder einzelne von uns auf die Weiterentwicklung der Gesellschaft hat, indem er auf jede einzelne seiner Zellen achtet, wird deutlich.

So sind es die Zellen unseres gesamten Bewegungs- sowie des Herz-Kreislauf-Systems, denen wir Gutes tun, wenn wir regelmäßig Sport treiben. Radeln wir also täglich ins Büro und zurück, schützen wir unsere Blutgefäße, regen unser Faszien-System an, halten unser Immunsystem in Bewegung und lassen außerdem das Auto stehen. Fahren wir kein Auto, sorgen wir für eine geringere Schadstoff-Emission, weniger Stadtlärm und sind eine Gefahr weniger für Schulkinder, die ohne nach links und rechts zu schauen über die Straße zum Bus rennen.

Den Zellen von Galle und Leber tun wir Gutes, wenn wir unseren Fleischkonsum reduzieren. Essen wir mehr regionales Gemüse, schützen wir unseren Verdauungstrakt, nehmen wir an überflüssigem Fett im Körper ab und erhalten so unsere Gelenke und Arterien gesund. Gleichzeitig sorgen wir für weniger Bedarf an Fleisch und mehr an Gemüse aus der regionalen Landwirtschaft. Dadurch haben wir auf lange Sicht Einfluss auf eine reduzierte Massentierhaltung sowie eine wirtschaftliche Verbesserung in der gemüseerzeugenden Landwirtschaft, was den Methan-Gehalt in der Atmosphäre verringert und den Sauerstoffgehalt erhöht.

Unsere Bauchspeicheldrüse und ihre insulinproduzierenden Zellen schützen wir vor chronischer Fehlinformation, wenn wir unseren Zuckerkonsum reflektierter gestalten. Ernähren wir uns also mit weniger Schnellfeuerzucker (isolierter Zucker, der in Süßgetränken oder Süßigkeiten vorkommt), bleibt das Insulinproduktions-Gleichgewicht erhalten. Das erhält unseren Gemütszustand und die Konzentrationsleistung auf einem beständigen Level und unsere Diabetesgefahr wird reduziert. Außerdem wirkt sich dies auf unsere Umwelt aus, weil wir ausgeglichen und freundlich mit unserem Umfeld umgehen.

In dem Moment, in dem wir eins mit der Welt sind, sind wir auch unsere Zellen. Unsere Zellen tragen Informationen mit sich, die sie mitgenommen haben von unseren Urgroßeltern, Großeltern, Vätern und Müttern. Informationen, die wir selbst erfahren haben durch das eigene Leben und für alle von Ihnen, die Reinkarnation für möglich halten, sogar aus unseren früheren Leben. Diese gesamten Informationen auf den Zellen machen unsere Glaubensmuster aus, machen uns zu dem, der wir sind, was wir fühlen und denken, wie wir uns verhalten. Sie lassen es uns in Mimik, Gestik, Bewegung, vegetativen Reaktionen und Sprache ausdrücken. Und rückwirkend geben wir mit jedem Gefühl, Gedanken, Wort, mit jeder Reaktion auf eine Situation, den Zellkernen eine Information zurück, die sich auf die Verfassung der einzelnen Codes auswirkt. Und da wir unsere Zellen sind und zugleich die Welt, unsere Vorfahren und unsere Nachkommen, Nachbar, Freund und Feind, Baum am Boden und Wolke am Himmel, können wir genau hier beginnen, etwas zu bewegen. Über unseren Zellkern. Über unser Körpersystem. Über unsere Gedanken. Über unser Verhalten.

Wir können etwas bewegen, indem wir uns gesund ernähren, unseren Nachbarn akzeptieren, Menschen in Not helfen, uns bewegen, positiv kommunizieren, auf die Umwelt achten, optimistisch sind, unsere Kinder lieben, Perspektiven sammeln. Es ist längst nicht mehr nur Schwarz oder Weiß, nicht mehr nur Richtig oder Falsch. Wir sind so bunt wie die Welt, die wir betrachten. Wir sind die Welt und die Welt ist wir. Ich bin Sie. Und Sie sind ich.

In Anbetracht des Gedichts, das ich geschrieben habe, als ich das Tagebuch der Erde schuf, möchte ich noch einmal auf die Fragen der Welt eingehen. Wie kann ich gesundwerden, fragt sie. Wie kann ich ins Gleichgewicht kommen, fragt sie. Wie kann ich Teil der Gemeinschaft werden, fragt sie. Wann bemerkt Ihr mich wieder, fragt sie. Der Körper, der die Antwort auf diese Fragen hat, wird vielleicht zu ihr sagen: „Versöhne Dich mir Dir selbst, mit Deinen Bestandteilen Ozean, Erdoberfläche, Atmosphäre sowie mit den Pflanzen, den Tieren und auch mit den Menschen. Dann werden sie es Dir gleichtun."

Am Ende dieses Buches erfüllt sich meine Vision, vom Königreich Körper über die Wirkungsketten seiner Strukturen über die Gaia-Hypothese bis zur Möglichkeit der Transformation der Welt eine Brücke zu schlagen, die uns Menschen ermöglicht, zusammenzuwachsen und Magie anzuwenden. Die Magie, einfach zu sein und sein zu lassen. Die Magie, eudämonistisches Wohlbefinden zu entwickeln, jeder für sich sowie gleichzeitig alle zusammen für Gaia, unsere Mutter Erde, für den Erhalt der Schönheit unseres Königreichs Planet Erde, unserer Welt, in der wir und unsere Kinder, Enkelkinder und deren Enkelkinder sein dürfen.

Haben Sie Spaß am Leben.

Hallo Welt.

Ich bin Dein Seelenschmerz.

Du kannst mich sehen, wenn aus einem Wald plötzlich eine Ansammlung von Baumstümpfen entsteht.

Du kannst mich hören, wenn Menschen in Kriegsgebieten weinen und schreien.

Du kannst mich spüren, wenn die Erde bebt.

Ich bin hier, um Dich zu informieren.

Ich informiere Dich darüber, dass etwas in Dir im Ungleichgewicht ist.

Noch bin ich nur akut und mit kleinen Maßnahmen teilweise in den Griff zu bekommen.

Doch bald werde ich chronisch.

Dann werden die Ansammlungen der Baumstümpfe größer.

Dann werden die Schreie aus den Kriegsgebieten lauter.

Dann werden die Erschütterungen der Erde spürbarer.

Es ist an der Zeit, dass Du mich ernst nimmst.

Hallo Mensch.

Ich bin Dein Seelenschmerz.

Du kannst mich sehen, wenn ein kranker, frierender Mensch in der Fußgängerzone nach Geld bettelt.

Du kannst mich hören, wenn andere sich höhnisch über Dich äußern und Dich auslachen.

Du kannst mich spüren, wenn Ängste und Sorgen Deinen Körper zittern und schwitzen lassen.

Ich bin hier, um Dich zu informieren.

Ich informiere Dich darüber, dass etwas in Dir im Ungleichgewicht ist.

Noch bin ich nur akut und mit kleinen Maßnahmen teilweise in den Griff zu bekommen.

Doch bald werde ich chronisch.

Dann wird die Anzahl der kranken, frierenden Menschen in der Fußgängerzone größer.

Dann werden die höhnischen Lacher der anderen Dir gegenüber lauter.

Dann werden die Ängste und Sorgen, die Deinen Körper erzittern lassen, spürbarer.

Es ist an der Zeit, dass Du mich ernst nimmst.

(Julia Hayden)

Das Lied von Mutter Erde.
Der Tanz von Phönix und Drachen.

Er war stark, erfolgreich, glücklich.
Als Herrscher über die Ozeane brachte er Wasser auf die Welt.
Nach Osten orientiert, bis es nichts mehr zu entdecken gab.
Und er verlor seine Haut, verlor die Verbindung zu sich selbst.

Sie war schön, glücklich, opportun.
Als Herrscherin über die Sonne brachte sie den Wesen Feuer.
Nach Süden orientiert, bis es nichts mehr zu entdecken gab.
Und sie brannte nieder, verlor die Verbindung zu sich selbst.

Schwach, wuchs ihm eine neue Haut.
Zärtlich stupste er seine neue Stärke an.
Dann versöhnte er sich mit dem Westen.
Und wartete darauf, dass der Phönix einziehen würde.

Verbrannt, stand sie aus der Asche auf.
Zärtlich stupste sie ihre neue Schönheit an.
Dann versöhnte sie sich mit dem Norden.
Und wartete darauf, dass der Drache auftauchen würde.

Die Erde war zerrissen.
Hatte die Verbindung zur Menschheit verloren.
Hatte Großzügigkeit, Gesundheit, Gleichgewicht verloren.
Und wartete auf sein Schicksal.

Die Menschheit war zerrissen.
Hatte die Verbindung zur Erde verloren.
Hatte die Dankbarkeit, Demut und Güte verloren.
Und strebte danach, ein Wunder zu erschaffen.

Das Warten lässt das Schicksal geschehen.
Das Streben lässt die Krise entstehen.
Dann tauchte der Drache aus dem Westen auf.
Dann zog der Phönix vom Norden her ein.

Als sich Phönix und Drache versöhnten, verwandelte sich das Schicksal in eine Möglichkeit, und aus der Krise wurde Hoffnung,
Die Erde hielt sich an Händen mit der Menschheit.

Die Erde entdeckte ihre Großzügigkeit, Gesundheit und Ausgeglichenheit wieder.
Die Menschheit erfand Dankbarkeit, Demut und Wohlwollen neu.

Der Phönix näherte sich dem Drachen und flog rücksichtsvoll.
Der Drache begegnete dem Phönix und tanzte bedächtig.

Seht wie sie fliegen und Liebe, Freude und Wohlstand bringen.
Seid sie fliegend und teilt Liebe, Freude und Wohlstand.

Blühe, Welt, blühe!

Das Lied von Mutter Erde, Illustration ©Emma Lorenz